LA VIE COMPLIQUÉE DE Léa Olivier

1. PERDUE

CATHERINE GIRARD-AUDET

Publié avec les autorisations des Éditions Les Malins inc.,
Montréal, Québec, Canada

Illustration et conception de la couverture : Veronic Ly
Photographie de Catherine : Karine Patry
Mise en page : Marjolaine Pageau et Giacomo Talone

Rue de la Blanche Borne 15
6280 Gerpinnes (Loverval) – Belgique
www.kenneseditions.com

Légère adaptation : Louise Rossignol
Assistants : Arthur Kennes, Cléo Degand, Juliette Jacquart, Léa Bolssens, Lise Edart, Madeline Feuillat, Marine Antoine

Dépôt légal : juin 2018 – D/2018/13.105/50

ISBN : 978-2-8758-0549-2
NUART : 28-3803-4

Imprimé en Italie sur les presses de Grafica Veneta

Romans

Déjà parus :

La Vie compliquée de Léa Olivier, tome 0
La Vie compliquée de Léa Olivier, tome 1 – *Perdue*
La Vie compliquée de Léa Olivier, tome 2 – *Rumeurs*
La Vie compliquée de Léa Olivier, tome 3 – *Chantage*
La Vie compliquée de Léa Olivier, tome 4 – *Angoisses*
La Vie compliquée de Léa Olivier, tome 5 – *Montagnes russes*
La Vie compliquée de Léa Olivier, tome 6 – *Tornades*
La Vie compliquée de Léa Olivier, tome 7 – *Trou de beigne*
La Vie compliquée de Léa Olivier, tome 8 – *Rivales*
La Vie compliquée de Léa Olivier, tome 9 – *Résolutions*
La Vie compliquée de Léa Olivier, tome 10 – *Léopard potelé*
La Vie compliquée de Léa Olivier, tome 11 – *Extraterrestre sentimentale*

La Vie (moins) compliquée de Maude M. Bérubé – La Reine des abeilles
La Vie compliquée de Léa Olivier – Marilou
La Vie compliquée de Léa Olivier – Alex

Bandes dessinées

Déjà parues :

La Vie compliquée de Léa Olivier, tome 1 – *Perdue*
La Vie compliquée de Léa Olivier, tome 2 – *Rumeurs*
La Vie compliquée de Léa Olivier, tome 3 – *Chantage*
La Vie compliquée de Léa Olivier, tome 4 – *Angoisses*
La Vie compliquée de Léa Olivier, tome 5 – *Écureuil Rôti*
La Vie compliquée de Léa Olivier, À l'heure où dorment les balançoires

À paraître :

La Vie compliquée de Léa Olivier, tome 6 – *Attention : torpille !*

LA VIE COMPLIQUÉE DE Léa Olivier

CATHERINE GIRARD-AUDET

À mon papa que j'adore, qui m'a emmenée à Montréal,
qui m'a enseigné le vrai sens de l'humilité et qui m'a
appris qu'on serait tous fous de ne pas réaliser
nos rêves…

Avant-propos

Bienvenue dans le supermonde de Léa Olivier. Comme vous pourrez rapidement le constater, l'histoire se déroule au Québec, et nous avons tenu à respecter le langage pour vous initier à nos expressions, mais aussi pour vous permettre de vous évader dans notre univers !

Pour vous aider, les termes suivis du symbole [L] sont expliqués dans le lexique situé à la fin du livre.

Par exemple, « chum », expression courante du vocabulaire de Léa, signifie « petit ami » et se prononce *chom*.

Je vous souhaite une très bonne lecture !

Catherine xx

Chapitre 1
Go, Léa, Go !

Le Blog de Manu

Inscris un titre : Ma vie va mal

Écris ton problème : Salut, Manu ! C'est la première fois que j'écris sur ton blog. D'habitude, je raconte mes problèmes à ma meilleure amie Marilou, mais là, on dirait qu'elle ne peut pas m'aider et je me sens désespérée ! Il y a quatre mois, mes parents ont annoncé à mon grand frère Félix et moi que nous devions quitter notre petit village pour venir nous installer à Montréal parce que mon père avait décroché « un emploi de rêve ». J'ai essayé de les convaincre de rester et même de devenir pensionnaire ici, mais je n'ai pas réussi à les faire changer d'idée. Je pars dans quelques jours et je panique complètement ! J'ai un chum[L] ici et je l'aime vraiment beaucoup, mais j'ai peur qu'il m'oublie si je pars. J'ai aussi peur que Marilou me remplace par d'autres filles et que je reste toute seule pour le reste de ma vie. Je suis plus du genre timide et j'ai tendance à me renfermer dans ma bulle, alors j'ai peur d'être super rejet[L] à ma nouvelle école et de m'isoler dans un coin en faisant rire de moi pendant le reste de mon secondaire[L]. AIDE-MOI !!!
Léa

Manu répond à deux questions par semaine. Tu seras peut-être choisie...

À : Marilou33@mail.com
De : Léa_jaime@mail.com
Date : Mardi 11 août, 18 h 07
Objet : Ma vie est finie !

Salut, Lou !
Je ne peux pas croire que je doive t'écrire un mail pour te raconter mes déboires depuis mon arrivée ici. Les jours ont tellement filé depuis que mes « super » parents m'ont annoncé qu'on déménageait que j'ai l'impression que j'ai eu le temps de rien faire. Je t'ai à peine dit au revoir ce matin, sans parler de Thomas que je n'ai pas pu serrer dans mes bras avant de partir. En plus, je sais qu'il fait son dur pour ne pas montrer ce qu'il ressent, mais je suis sûre (enfin, j'espère) qu'il a autant de peine que moi. :'(
On vient juste de s'installer dans la nouvelle maison. Heureusement que mon père avait déjà pensé à faire brancher Internet et que mes parents m'ont offert un portable pour acheter mon bonheur, sinon ce serait la mort ! C'est une grande maison, assez jolie, et qui fait face à un parc, mais je ne connais rien ici. La ville est grande, les gens ont l'air super froids, et je n'ai pas de points de repère. Je n'ai pas d'amis (quand je dis ça à ma mère, elle essaie de me convaincre que Félix est mon *best* [L] ! Mon grand frère ! Sérieux, elle délire !), je ne connais pas les rues et je ne connais même pas ma nouvelle école. Est-ce que je t'ai dit à quel point ma vie allait mal ? Je m'ennuie de vous tous !

Écris-moi vite et raconte-moi tout ce qui se passe chez nous (tu es ma plus grande source de divertissement en ce moment).
JTM !!!!! ❤ Léa xox

À : Thomasrapa@mail.com
De : Léa_jaime@mail.com
Date : Mardi 11 août, 18 h 21
Objet : Tu me manques :'(

Coucou,
Je voulais juste t'écrire un petit message pour te dire que nous sommes arrivés, et comme nous avons déjà Internet, on pourra se parler et même se voir sur l'ordinateur dès ce soir :D ! Tu me manques tellement… J'ai tellement pleuré pendant les quarante premières minutes de route que même mes parents ne savaient plus quoi me dire pour me remonter le moral. Je sais que je suis partie vite ce matin et je suis triste parce que je sens que je n'ai pas eu le temps de te dire à quel point tu es important pour moi et que je ne veux jamais te perdre. Je sais que ça va être difficile, mais je suis sûre qu'on pourra rester ensemble malgré la distance. Au fond, je me dis qu'il y a seulement 400 km qui nous séparent et qu'on se débrouillera pour se voir le plus souvent possible. Je compte d'ailleurs les jours jusqu'à ma visite à l'Action de grâce*. Soixante-deux jours ! Ça passera vite et on va se parler tous les jours !

---

*Thanksgiving.

Bon, je dois y aller, ma mère me harcèle pour que je l'aide à défaire les cartons. À ce soir !
Léa xxxxxxxxxxxxxx

À : Léa_jaime@mail.com
De : Marilou33@mail.com
Date : Mardi 11 août, 19 h 04
Objet : Re : Ma vie est finie !

LÉA !!!
Mon Dieu, mais où es-tu ? Moi non plus, je n'arrive toujours pas à croire que tu es partie... Je vais faire quoi, moi, sans toi ? Je sais que tu trouves ça difficile d'arriver à Montréal, dans la grande ville, et de te sentir perdue, mais des fois, je t'envie de pouvoir changer d'air. Je suis tellement tannée de notre microvillage et de voir le même monde tout le temps ! Sache que tu vas me manquer aussi, et que je vais tellement t'écrire que tu ne pourras plus me supporter ! Lol ! Bon, faut que j'y aille : c'est l'heure du dîner et je sens que ma mère va m'étriper si je ne suis pas à table dans les 10 prochaines secondes...
On se parle plus tard !
Lou xx

À : Léa_jaime@mail.com
De : Thomasrapa@mail.com
Date : Mercredi 12 août, 10 h 21
Objet : J'espère que tu vas mieux ;)

Salut,
J'espère que tu vas mieux qu'hier soir. Je n'aime pas ça quand tu pleures, parce que j'ai l'impression que c'est de ma faute. Je sais que ça ne doit pas être facile pour toi, mais tu dois être forte, OK ? Moi aussi, je pense qu'on est capable de tenir le coup. Ça va passer super vite, et dès que tu vas commencer l'école, tu vas te faire de nouveaux amis et tout va aller mieux. Il faut juste que tu te laisses un peu de temps. Profite un peu de la ville ! Ça doit être fou, tout ce qu'il y a à voir !
Connecte-toi plus tard, OK ?
Thomas x

P.-S. : Je t'aime.

Mercredi 12 août

17 h 31

Léa (en ligne) : Lou ! Es-tu là ?

17 h 31

Marilou (en ligne) : Oui ! Je m'apprêtais à aller au parc avec mon petit frère (ma mère m'oblige à le traîner partout).

17 h 33

Léa (en ligne) : Je perds la boule ! Je me suis réveillée ce matin et je ne savais plus où j'étais ! Pendant quelques secondes, j'ai même pensé que je m'étais fait enlever par des zombies pendant la nuit, ou alors que la journée d'hier n'avait été qu'un cauchemar.

17 h 34

Marilou (en ligne) : Ma pauvre… ☹ Et ensuite, tu as réalisé que tu étais bel et bien installée à Montréal, loin de ta *best* !

17 h 34

Léa (en ligne): Oui ! Et ça m'a vraiment déprimée. J'ai donc laissé tomber les cartons et je suis allée faire le tour du voisinage.

17 h 35

Marilou (en ligne): Et puis ? C'est comment ? As-tu de beaux voisins ?

17 h 38

Léa (en ligne): En tout cas, je n'ai vu que des vieux ! C'est assez résidentiel dans le coin, mais à quelques minutes de marche, j'ai découvert une rue remplie de cafés et de boutiques. J'ai regardé les jeunes qui étaient assis autour d'une table en train de rire et ça m'a donné le cafard, alors j'ai décidé de rentrer à la maison. On vient de finir de dîner et j'ai encore une boule dans la gorge. ☹

17 h 39

Marilou (en ligne): Je te comprends. Moi, j'ai les larmes aux yeux chaque fois que je pense que tu n'habites plus à deux rues d'ici... Pourquoi ton père devait-il se trouver un travail aussi loin de moi ?

17 h 40

Léa (en ligne): Je ne sais pas, mais là, je déteste mes parents de m'avoir forcée à venir ici et de m'avoir obligée à me séparer de toi et de Thomas.

17 h 40

Marilou (en ligne): Et Félix? Il trouve ça difficile, lui aussi? À deux, vous pouvez peut-être vous entraider?

17 h 43

Léa (en ligne): Au contraire! Félix a l'air vraiment content de commencer son secondaire 5 dans la grande ville. «Tu vas voir, ça va être super le fun[L]!» Il est où, le fun? Ce n'est pas évident de se faire des amis après le secondaire 2! Et je ne suis pas sociable comme lui, moi! Je n'ai jamais été la fille super populaire de l'école que tout le monde admire! ARGH! Je m'excuse de me défouler sur toi, mais il fallait que ça sorte.

17 h 45

Marilou (en ligne): Je suis là pour ça, Léa. Je sais que c'est facile à dire, mais je suis sûre que les choses vont s'arranger avec le temps. En attendant, va te changer les idées! Regarde des *Gossip Girl*. Ça change le mal de place.;)

17 h 47

Léa (en ligne): Tu as raison. C'est quand même mieux que de m'apitoyer sur mon sort. Bonne promenade! Essaie de ne pas étriper ton petit frère! Lol! À plus tard!

17 h 47

Marilou (en ligne): Je vais essayer.;) À plus! XX

À : Marilou33@mail.com
De : Léa_jaime@mail.com
Date : Dimanche 16 août, 14 h 10
Objet : Je suis un légume

Je t'avertis tout de suite, je ne suis plus la fille que tu as connue. Je suis devenue un légume qui végète devant la télé à longueur de journée (mes parents ont aussi acheté mon bonheur avec le câble). Hier soir, on est allés dîner au restaurant dans le Vieux-Montréal pour que je voie « les splendeurs de la ville ». C'est vrai que c'est beau, mais ma soirée a été ruinée quand j'ai posé mon pied directement dans du crottin de cheval. Est-ce que j'ai mentionné que je portais des tongs ? Cette semaine, je reprends ma vie en main et je me rends au centre-ville en métro pour la première fois... Tu connais mon super sens de l'orientation ! C'est donc une histoire à suivre...

Toi ? Quoi de neuf ? Tu pars toujours faire du camping pendant la dernière semaine d'août ? Peux-tu trimballer ton ordi et t'acheter une connexion sans fil ? ;) Je vais essayer de survivre sans toi pendant 7 jours, en espérant que Thomas soit plus disponible pour écouter mes longues histoires ! L'as-tu vu cette semaine ? Je m'ennuie vraiment de lui, et c'est difficile de comprendre comment il se sent ou d'avoir la certitude qu'il pense à moi et qu'il m'aime encore par téléphone, par mail ou par Skype. Bon, OK, je

recommence à m'apitoyer sur mon sort. Je retourne sur mon sofa avant que tu m'envoies une claque virtuelle ! Lol ! Écris-moi vite !
Léa xox

P.-S. : J'ai commencé les *Gossip Girl,* c'est m-a-l-a-d-e !
P.P.-S. : J'ai aussi suivi ton conseil et j'ai décidé d'écrire sur *Le Blog de Manu* pour me confier. Il ne m'a pas répondu encore, mais c'est cool de lire les conseils qu'il donne aux autres filles. Quand on se compare, on se console. ;)

À : Léa_jaime@mail.com
De : Marilou33@mail.com
Date : Lundi 17 août, 10 h 03
Objet : Sors de ton divan !

Bon, là, je sens que tu as besoin d'une vraie intervention : sors de ton divan !! Je sais que tu ne connais encore personne et que les journées sont longues, mais tu es dans la métropole et je suis sûre que tu peux trouver des milliers de choses à faire ! Au pire, pourquoi ne demandes-tu pas à Félix de t'accompagner ? Ça sert à ça, des grands frères cool, non ? Pour ce qui est du crottin... là, j'avoue que j'ai pitié ! Lol ! Je t'imagine tellement !

J'ai croisé Thomas hier. Il était avec sa petite gang [L] de niaiseux et ils traînaient dans le parc. Tu sais que je ne suis pas la plus grande admiratrice de ses amis (ni de lui, d'ailleurs), alors ce n'est pas comme si mon opinion était complètement objective. ;) Au moins, Thomas m'a saluée. Un vrai miracle ! Je pense même avoir vu un semblant d'émotion dans ses yeux. C'est sûrement parce que ça lui a fait penser à toi. Tu sais qu'il n'oserait jamais pleurer ou exprimer ses sentiments devant ses amis. C'est ça qui t'a attirée au départ, non ? L'attitude détachée, le regard fuyant... Mais tu le connais mieux que moi, alors fie-toi à ton instinct et pense aux beaux moments que vous avez passés ensemble au cours des six derniers mois. Il ne t'oublierait pas en une semaine, quand même !

Oui, je pars dimanche pour une semaine... beurk ! Tu sais que je hais les moustiques et le camping ! Mais c'est la tradition, et comme dit mon père : « Ça fera tellement plaisir à ta mère. » (Soupir.) Bon, faut que j'y aille, j'ai mon cours de natation à 11 h. Dernière chose... écoute ta meilleure amie : SORS DU DIVAN AVANT QU'IL T'AVALE !!
Lou x

À : Thomasrapa@mail.com
De : Léa_jaime@mail.com
Date : Jeudi 20 août, 19 h 20
Objet : T'es où ?

Salut,
J'ai vécu une expérience catastrophique aujourd'hui. Il faut absolument que je te parle et je n'arrive pas à te joindre... Appelle-moi !

À : Marilou33@mail.com
De : Léa_jaime@mail.com
Date : Jeudi 20 août, 19 h 23
Objet : OMG* !

Chère meilleure amie,
J'ai suivi ton conseil, je suis sortie du divan et j'ai décidé d'affronter la grande métropole en métro. Résultat : l'horreur ! Au début, ça allait bien : je tenais fermement le plan dans mes mains et je suivais les instructions à la lettre. Mais quand je suis arrivée au centre-ville, j'ai perdu le contrôle ! Comme il s'est mis à pleuvoir, je me suis dit que j'en profiterais pour explorer la ville souterraine[L] (qui est plus grosse que notre village). Je me suis laissé tenter par une boutique, puis par une autre, et après un certain temps, j'ai réalisé que j'étais perdue. J'ai demandé à des gens de m'aider, mais il y avait plein d'anglophones et de touristes, et

*Oh My God !

tu connais mes talents pour les langues (hum, hum, *yes, no, toaster*). J'ai finalement réussi à rejoindre la station de métro je-sais-pas-quoi qui m'a menée je-sais-pas-où. Je devais faire un transfert, je me suis trompée de ligne et j'ai abouti sur la Rive-Sud ! La honte ! Genre à l'extérieur de l'île ! Une fois rendue là, j'avais les larmes aux yeux, alors j'ai suivi ton deuxième conseil : j'ai appelé Félix pour qu'il vienne me chercher. Mais si tu veux vraiment le savoir, j'ai réalisé que les grands frères cool, ça servait aussi à rire de leur petite sœur désorientée et rejet. Ça fait deux heures que je suis revenue et que je suis enfermée dans ma chambre. En plus, Thomas est porté disparu, ça fait deux jours qu'on ne s'est pas parlé, et je me sens vraiment délaissée. Conclusion : je retourne devant la télé, car c'est plus sûr pour ma santé physique et mentale ! J'espère au moins t'avoir divertie avec mes malheurs !
Léa xx

À : Léa_jaime@mail.com
De : Thomasrapa@mail.com
Date : Vendredi 21 août, 09 h 21
Objet : Ne panique pas !

Je sais que tu es déçue. Je l'ai senti dans ta voix hier soir. J'ai aussi senti que tu étais triste. Je comprends tout ça, Léa, mais ce n'est pas facile d'avoir une relation par mails ou par Skype ! Et tu dois aussi comprendre que ma vie continue. Tu es partie, mais moi, je reste ici, et je ne peux pas arrêter de vivre parce que tu as déménagé à Montréal. Ça ne veut pas dire que je ne m'ennuie pas de toi, ni que je ne veux pas que tu viennes à l'Action de grâce, ni que je ne t'aime plus. Tu sais que je ne suis pas très bon avec les mots, et des fois, je ne sais pas trop comment te parler parce que j'ai peur que tu pleures ou que tu réagisses mal.

Tu sais que je n'ai pas de portable, et avec le travail, les amis, et le fait que j'essaie d'éviter ma mère le plus possible (elle est omniprésente ces temps-ci), ce n'est pas facile de me joindre. Il faut juste que tu sois plus patiente. L'école va recommencer dans moins de deux semaines et j'aurai un horaire un peu plus stable. Parlant de ça, je dois rencontrer le directeur la semaine prochaine parce qu'il paraît que mon cours d'été en maths n'a pas trop bien été et que je devrai suivre des cours de rattrapage pour pouvoir finir mon secondaire 4 avec les autres. Je hais les maths, je hais l'école et je hais les cours de rattrapage !

Tu n'as même pas pris le temps de me raconter ton « expérience catastrophique » au téléphone, mais j'espère que tu vas mieux. En tout cas, faut que j'y aille, mais on s'en reparle plus tard. :)
Thomas

À : Marilou33@mail.com
De : Léa_jaime@mail.com
Date : Samedi 22 août, 10 h 10
Objet : Ne pars pas !!

Je t'en supplie, ne m'abandonne pas pendant une semaine !! Ben non, je rigole. Je sais que tu dois y aller, et même si ça ne te tente pas vraiment de faire du camping en famille, je suis sûre que ça ira mieux que ce que tu crois ! Essaie juste de prendre des grandes inspirations quand ton frère te tapera trop sur les nerfs !

Ça m'a fait du bien de te parler hier. Après avoir reçu le message de Thomas, je ne savais pas trop quoi penser. Je comprends qu'il soit occupé, mais j'aimerais qu'il s'occupe un peu plus de moi et qu'il soit plus à l'écoute de ce qui m'arrive. Mais notre conversation m'a fait réfléchir et je pense que tu as raison.

Quand j'ai parlé à Thomas pour la première fois au party de Seb, c'est justement son côté sombre et un peu rebelle qui m'a attirée. Je le trouvais tellement mystérieux avec ses yeux noirs. Il ne parlait pas beaucoup, et j'avais de la misère à lire son visage, mais c'est ça qui me fascinait chez lui. Je n'ai pas eu l'impression de lui plaire plus qu'il ne le faut, alors j'ai été vraiment surprise qu'il me rappelle le lendemain ! C'est drôle, mais malgré sa carapace de dur, je me suis sentie attirée vers lui et je me suis complètement

laissé emporter par mes sentiments. Je pouvais passer des heures à écouter de la musique avec lui ou à le regarder dans les yeux sans m'ennuyer. Je sais que tu trouves qu'il est trop coincé et que tu crois que je ne suis pas naturelle avec lui, mais je pense que tu te trompes. Je sais aussi que tu nous trouves vraiment différents (on s'entend que je n'ai pas vraiment la fibre « rebelle » en moi et que j'ai tendance à être un peu plus *drama queen* que lui), mais je sens qu'on se complète.
Le problème, c'est qu'avec la distance, j'ai peur que nos différences nous éloignent. Il est indépendant, donc il me trouve collante. Il est calme, donc il me trouve hystérique. Il est plus vieux que moi, donc il me trouve bébé. Il a confiance, donc il me trouve hyper angoissée. Bref, tu m'as calmée et j'ai décidé de l'appeler pour m'excuser d'avoir réagi comme une folle, et là, ça va mieux.

Je te promets que cette semaine, je serai plus productive ! Je vais me rendre jusqu'à ma nouvelle école en métro pour m'orienter avant la première journée (question de ne pas me perdre comme la dernière fois), et ma mère m'a promis de m'emmener magasiner (en voiture) ! Ça semble niaiseux, mais je n'ai pas envie d'avoir l'air de la nouvelle qui débarque de la campagne. C'est déjà assez difficile comme ça sans me sentir comme la rejet-pas-de-style !
Écris-moi dès que tu peux ! Tu vas me manquer !
Léa xox

À : Thomasrapa@mail.com
De : Léa_jaime@mail.com
Date : Mardi 25 août, 20 h 17
Objet : Léa et Montréal

Ça fait juste deux jours que je n'ai pas entendu ta voix, mais j'ai l'impression que ça fait déjà trois mois... :(Au moins, j'ai été plus proactive au cours des derniers jours et je ne suis plus désorientée lorsque je me réveille le matin. Hier après-midi, Félix m'a accompagnée jusqu'à notre nouvelle école en métro. C'est plus petit que ce que je pensais, mais c'est très beau. C'est le genre d'édifice de cent dix ans qui sent les livres et les vieux meubles ! On a marché un peu aux alentours de l'école, et pour une fois, j'ai l'impression qu'on a pu se parler sans qu'il me prenne pour un bébé.

Félix : Comment tu trouves ça, jusqu'à maintenant ?
Moi : Un peu paniquant. J'ai peur de ne jamais m'habituer, de ne pas me faire d'amis et de perdre Thomas.
Félix : Bof, ce ne serait pas si grave que ça. Je sais que tu l'aimes, ton Thomas, mais les amours à distance, ça ne marche jamais.
Moi : Tu dis ça parce que tu n'as jamais été amoureux.
Félix : Peut-être...
Moi : Ça ne te fait pas paniquer, toi, de débarquer dans une nouvelle ville et de devoir repartir à zéro ?
Félix : C'est sûr que ça me fait peur : tout est nouveau ! Mais j'étais tanné d'habiter dans notre trou, et j'ai

toujours rêvé de vivre en ville. En plus, les filles ici sont vraiment canons !

J'ai aussitôt éclaté de rire. Il y a juste mon frère pour sortir une réplique pareille ! Je comprends son point de vue, mais ça m'énerve de devoir convaincre les autres que c'est vraiment possible d'entretenir une relation à distance. D'un autre côté, je me fiche de ce qu'ils pensent parce que, moi, je sais que je t'aime et que ça va marcher. Es-tu d'accord ? Si on était plus vieux, ce serait tellement simple. J'aurais pu rester avec toi en appartement, ou je pourrais m'acheter une auto et venir te visiter toutes les fins de semaine. Quand je pense qu'en si peu que cinq heures de voiture, je pourrais être près de toi... :) C'est rien du tout, cinq heures ! Ça équivaut à la longueur de la trilogie (nulle) que tu m'avais fait écouter avec les dragons et les batailles qui n'en finissaient plus de finir. (Comme tu vois, c'est un film qui m'a tellement marquée que je ne me souviens même plus du titre !) Je me sens super nostalgique ce soir. Je n'arrête pas de penser à nos moments ensemble en écoutant de la musique triste. :(Je sais que tu me trouves ridicule, mais je ne peux pas m'en empêcher.

Je pense à toi, et j'espère qu'on arrivera à se parler demain. Je m'ennuie tellement de ta voix !
Léa xox

À : Léa_jaime@mail.com
De : Thomasrapa@mail.com
Date : Samedi 29 août, 10 h 01
Objet : L'école

Salut !
Je suis allé voir le directeur hier après-midi. Il m'a confirmé que je vais devoir suivre des cours de rattrapage en maths. Devine qui il a trouvé pour m'aider à passer mon cours ? Ta « meilleure amie » Sarah Beaupré. Comme je sais que tu n'étais pas capable de la sentir, je voulais te prévenir pour éviter que tu fasses une crise en l'apprenant par quelqu'un d'autre. Panique pas : elle n'est pas du tout mon style. Et arrête de t'imaginer que je ne m'ennuie pas de toi ! Tu le sais que je ne suis pas le roi des mots et que j'ai du mal à exprimer mes sentiments. Tu dois juste me faire confiance. On commence l'école dans deux jours. Je n'en reviens toujours pas à quel point l'été a passé vite. Au moins, on a eu le temps de passer de beaux moments ensemble.

Richard m'a proposé de continuer à travailler au garage à temps partiel et j'ai accepté. Je sais que tu penses que je mérite mieux que de dégraisser des moteurs, mais j'aime vraiment ça, Léa. C'est de l'expérience que je peux accumuler, et quand j'aurai fini mon secondaire, je pourrai être embauché par un vrai mécanicien. Et en plus, ça va me permettre d'économiser de l'argent.

Contrairement à ce que tu penses, je ne dépense pas tout ce que j'ai en achetant du pot* ou des revues de moteurs ! Dis-toi plutôt que si je finis par passer mon permis de conduire et que je m'achète une auto, je vais pouvoir être avec toi plus souvent. :)
Je t'embrasse fort,
Thomas x

À : Marilou33@mail.com
De : Léa_jaime@mail.com
Date : Samedi 29 août, 18 h 12
Objet : J'ai le trac

Salut, Lou,
Je sais que tu reviens juste demain, mais il fallait quand même que je te fasse un résumé des derniers jours.

Commençons par les bonnes nouvelles : ma mère et moi sommes allées magasiner au centre-ville. Elle connaît super bien la ville, alors cette fois-ci, je ne me suis pas perdue. C'était vraiment plus cool avec elle. Même si elle a parfois le don de me taper sur les nerfs, je suis contente qu'elle ait pris le temps de m'accompagner. Tu capoterais [L] ici, Marilou : il y a TOUTES nos boutiques préférées ! Encore plus qu'à Québec quand on montait avec tes parents ! Au début, je sentais que ma mère s'impatientait dans les files d'attente, surtout quand

* Cannabis.

j'essayais quarante-cinq articles à la fois, mais je l'ai convaincue d'essayer des vêtements, elle aussi, alors on s'est vraiment amusées. Elle a accepté de m'acheter un nouveau jeans et plein de pulls pour la rentrée. Il faut croire qu'elle se sent mal de m'avoir déracinée ! Après le magasinage, nous sommes allées manger dans le quartier chinois (miam !), et elle s'est mise à me parler du déménagement.

« Tu sais, Léa, je comprends que ce ne soit pas facile pour toi. Ton grand-père a été directeur d'école aux quatre coins de la province, et quand j'étais jeune, on devait déménager tous les 3 ou 4 ans. Chaque fois que je quittais un endroit, c'était difficile de laisser mes amis et mes chums derrière. Je m'étais promis de ne pas faire vivre ça à mes enfants, mais ton père a eu une offre qui ne se refuse pas. Je pense aussi qu'on avait besoin de relever un nouveau défi. Je sais que tu penses que ça ne sera plus jamais pareil qu'avant, mais je suis certaine que tu te feras de nouveaux amis et que tu finiras vraiment par te plaire ici. »

J'ai senti une boule se former dans ma gorge. C'était comme un mélange de peine et d'excitation. C'est dur à expliquer, mais ma mère a raison. Je trouve ça vraiment difficile de tout abandonner et de recommencer à neuf, mais en même temps, c'est quand même cool d'être dans une ville où personne ne me connaît et ne me juge (en tout cas, pas encore).

J'espère juste qu'elle a raison et que je vais aimer ça, ici.

Passons maintenant aux mauvaises nouvelles. Tout d'abord, il reste seulement un jour de congé. On recommence déjà l'école après-demain ! J'ai vraiment le trac. J'ai peur, parce que je sais que je vais arriver là et que je vais être toute seule. Pendant la matinée, on a une rencontre avec le directeur et avec nos nouveaux profs, qui sont aussi censés nous donner tous les codes pour l'ordi et notre numéro de casier. J'ai hâte et pas hâte en même temps : hâte parce que je suis tannée de rien faire et de me sentir « en attente », et pas hâte parce que je sais que je vais être rejet.

Deuxième mauvaise nouvelle : Thomas m'a écrit, et j'avoue que je suis un peu découragée. Premièrement, il m'a annoncé que Sarah Beaupré serait sa tutrice en maths. SARAH BEAUPRÉ ! Sais-tu à quel point je déteste cette fille-là ? Madame Parfaite qui a l'œil sur mon chum depuis le début du secondaire et qui est super jalouse depuis que je sors avec lui ! Sarah-la-plus-belle qui n'a jamais de bouton et qui se sert de ses petits yeux de biche (et de sa poitrine, soyons honnêtes) pour attirer l'attention des gars ! Le pire, c'est qu'il ose me dire que je n'ai rien à craindre ! Tu sais bien qu'elle va profiter de mon absence pour essayer de lui mettre le grappin dessus ! Lou, il faut que tu m'aides ! Promets-moi que tu vas les surveiller un peu et que tu vas me le dire si tu remarques quelque chose de suspect ! En échange, je te promets une surprise vestimentaire quand je viendrai en octobre ! Ah oui : il m'a aussi annoncé qu'il allait continuer de travailler au garage de son oncle pour économiser de l'argent. Comme si on n'avait pas déjà assez de misère à se joindre avec son horaire actuel ! Ajoute à ça Sarah, la b****, et son oncle garagiste, et avec un peu de chance, on se parlera à Noël. AHHHHH !

J'ai hâte que tu me racontes tes déboires dans la campagne !
Léa xox

Samedi 29 août

18 h 34

Félix (en ligne): Arrête d'écrire des chansons d'amour à ton chum et viens dîner. Maman nous appelle depuis 5 minutes!

18 h 34

Léa (en ligne): Hein? N'importe quoi! Je n'écris pas de chansons d'amour. J'écrivais à Marilou.

18 h 35

Félix (en ligne): Ah! OK. Donc à partir de maintenant, au lieu de passer toutes vos soirées à vous parler au téléphone, vous allez vous écrire tout le temps. Vous êtes tellement «filles»! Qu'est-ce que vous avez de si intéressant à vous dire?

18 h 35

Léa (en ligne): C'est pas tes affaires.

18 h 35

Félix (en ligne): «Ah, Marilou, j'aime tellement Thomas. Il est tellement beau! Ah...!»

18 h 35

Léa (en ligne): Tellement pas! Je ne parle pas comme ça! Si tu veux vraiment le savoir, je passe mon temps à râler contre toi et à parler dans ton dos!;)

18 h 36

Félix (en ligne): C'est normal que tu parles de moi. Je suis tellement beau! Lol! Bon, grouille-toi avant que maman fasse une syncope.

18 h 36

Léa (en ligne): J'arrive.
P.-S.: T'es vraiment paresseux de passer tes messages par ici au lieu de lever tes fesses.;)

18 h 36

Félix (en ligne): C'est ce qui fait mon charme.;)

À : Léa_jaime@mail.com
De : Marilou33@mail.com
Date : Dimanche 30 août, 19 h 30
Objet : Ce qui ne nous tue pas nous rend plus forts

Salut, Léa,
Je pense que mon titre décrit bien ma semaine de calvaire : moustiques, petit frère pénible, chicanes de parents, pluie pendant 3 jours, sac de couchage trempé, surdose de thon en conserve, etc. Sérieusement, j'ai presque versé une larme quand nous sommes arrivés cet après-midi. Tous mes vêtements sentent le feu de camp et j'ai le corps couvert de grosses piqûres dégoûtantes ! Je vais être belle pour la rentrée de demain !

Sais-tu à quel point je suis jalouse de ta garde-robe ? Au moins, tu n'auras pas l'air d'une pustule puante lors de ta première journée d'école ! Lol ! Le seul moment de bonheur de ma semaine a été de revoir Cédric. Tu m'as tellement cassé les oreilles toute l'année avec ça que j'ai décidé de foncer ! Je m'en voulais tellement d'être partie l'année dernière sans lui avoir avoué mes sentiments. Mais bon, il avait une blonde[L], alors ça n'aurait pas donné grand-chose. Je l'ai vu lors de notre quatrième journée au camping. Sa mère et lui avaient installé leur camping-car à l'autre bout du site. J'aurais pu passer la semaine sans le croiser si je n'avais pas décidé de faire une grande tournée pour essayer de le trouver. Je l'ai aperçu sur le bord du lac en train de faire un feu. J'ai pris une grande inspiration et j'ai décidé de prendre mon courage à deux mains et d'aller lui parler :

Lui : Quoi de neuf ?
Moi : Je recommence l'école la semaine prochaine et ma meilleure amie vient de déménager à Montréal, alors je suis un peu triste. Toi ?
Lui : Pas grand-chose. Ça tombe bien que tu passes, parce que nous, on part déjà demain.
Moi : C'est plate[L]. T'es la seule personne que je connais ici. Tes amis de l'an passé ne sont pas venus ?
Lui : Oui, mais la plupart partent aussi demain. D'ailleurs, on fait un party sur la plage ce soir si ça te tente de venir.

Évidemment, j'ai accepté ! Au début, ma mère ne voulait pas trop que j'y aille, mais après lui avoir promis que je rentrerais tôt et que je ne « toucherais pas à une goutte d'alcool », je suis allée les rejoindre. Ils avaient fait un feu et quelques-uns buvaient de la bière, dont Cédric. Je ne voulais pas avoir l'air cruche, alors j'ai accepté d'en prendre une, mais je te jure que j'ai trouvé ça vraiment dégueu. Après quelques gorgées, ma tête s'est mise à tourner un peu, mais je ne l'ai pas dit à Cédric. Je ne voulais pas qu'il me prenne pour un bébé. On s'est assis ensemble sur une bûche et la bière m'a délié la langue !

Moi : As-tu encore une blonde ?
Lui : Non. (Youpi !)
Moi : C'est plate...

J'ai dit ça en souriant, ce qui l'a fait rire parce qu'il a compris que j'étais contente. Après ça, il s'est penché vers moi et il m'a embrassée. Wouhou ! Mon deuxième *french*[L] à vie ! Je ne suis pas aussi déniaisée que toi, mais ça pourrait être pire ! Je pense qu'on s'est embrassés pendant deux heures, parce qu'après, j'avais la bouche toute rouge ! Quand j'ai regardé ma montre, il était déjà 23 h, alors je suis partie en vitesse avant que ma mère se fâche. Il m'a laissé son adresse mail. Je pense que je vais lui écrire demain (je laisse passer quelques jours pour ne pas avoir l'air trop désespérée). Je t'enverrai le brouillon de mon mail et tu me diras ce que tu en penses, OK ? En échange, je te promets de surveiller ton chum et Sarah Beaupré. (Mais sérieusement, Léa, tu n'as rien à craindre. Elle est vraiment fade, cette fille-là !)

L'école recommence demain et je dois aller préparer mes affaires, mais je te réécris en rentrant avec la suite de mes aventures. Je te souhaite bonne chance pour ta première journée ! Je suis sûre que ça ira bien ! *Go*, Léa, *Go !*
Lou

Le Blog de Manu

Inscris un titre : Je hais les moteurs de voiture !

Écris ton problème : Salut, Manu ! Je ne sais pas si tu décideras de publier mon « problème » et j'espère que je ne t'énerve pas trop avec mes 1001 questions. Il y a quelques jours, mon chum m'a annoncé qu'il continuerait à travailler au garage de son oncle à temps partiel pendant l'automne. Le problème, c'est qu'il n'est pas super motivé à l'école et j'ai peur qu'il décroche et qu'il consacre toutes ses énergies à devenir mécanicien. Je n'ai pas honte de ce qu'il fait, mais des fois, j'ai l'impression qu'il aime mieux les moteurs de voiture que de passer du temps à m'écrire. Je ne sais pas trop comment lui en parler parce que je ne veux pas qu'il le prenne mal. Est-ce que je devrais garder ça pour moi ou lui dire ce que je pense ?
Léa

Manu répond à deux questions par semaine. Tu seras peut-être choisie…

Chapitre 2
La grande rentrée

À : Marilou33@mail.com
De : Léa_jaime@mail.com
Date : Lundi 31 août, 07 h 31
Objet : Je capote

Salut, Lou,
Wow, ton histoire m'a vraiment changé les idées ce matin ! Je suis tellement fière de toi ! Après les douze derniers mois passés à me parler du beau Cédric, tu as enfin décidé de faire de toi une femme (ha, ha !) et de prendre les choses en main. Tu as même bu une bière !! Toi !! Lol ! Je suis contente que ça ait fonctionné et que vous vous soyez embrassés (youpi !), mais bon, comme je suis en train de devenir une experte en matière de distance, je ne te suggère pas de t'embarquer là-dedans à moins d'être vraiment prête à vivre des frustrations. Lol ! Mais comme Cédric n'habite qu'à 15 minutes de chez toi, c'est quand même moins dramatique !

Je suis debout depuis 6h30 ! Je suis vraiment nerveuse. J'ai mis mon nouveau jeans (même s'il fait chaud et que j'ai peur qu'il me colle à la peau toute la journée) et mon pull rayé vert et blanc. Celui qui me porte chance et que je portais pendant la soirée où j'ai connu Thomas. J'ai attaché mes cheveux parce que ma mère m'a dit que j'avais l'air « moins sévère » comme ça. Je ne sais pas si c'est une bonne idée de suivre son conseil, mais comme elle est ma seule « amie » en ce moment, je me dis que c'est mieux que rien. Comme

c'est la première journée, mon père a proposé de nous conduire, mon frère et moi, pour être sûrs qu'on soit bien à l'heure. Je te donne des nouvelles dès que je reviens !
Bonne rentrée !
Léa xx

À : Léa_jaime@mail.com
De : Marilou33@mail.com
Date : Lundi 31 août, 12 h 30
Objet : Je n'aime pas la rentrée
1 pièce jointe : Mail Cédric

Coucou !
Je t'écris rapidement du local d'informatique. Je suis venue après le déjeuner pour écrire à Cédric et je tenais à te l'envoyer avant pour que tu me donnes ton « OK » au plus vite !

C'est bizarre d'être à l'école sans toi ! Je me suis assise avec Laurie, Caro et Stéphanie pour manger, mais je ne suis pas aussi proche d'elles que de toi, et tu me manques tellement ! D'ailleurs, les filles te font dire bonjour. Au moins, j'ai la gang de la natation avec qui j'ai des affinités et avec qui je peux m'amuser. Ah oui ! J'ai vu Thomas rapidement dans la cafétéria et nous avons discuté un gros deux minutes !

Moi : Salut, Thomas.
Lui : Ah, euh... salut. (Toujours aussi à l'aise, ton beau Thomas.)
Moi : As-tu des nouvelles de Léa ?
Lui : Oui, elle m'a écrit cette semaine.
Moi : Ah. Es-tu pressé ? Veux-tu qu'on mange ensemble ?
Lui : Euh, non, je ne peux pas. J'ai un rendez-vous pour mes maths.
Moi : Ah oui, avec Sarah Beaupré ! (J'ai plissé les yeux.)
Lui : Quoi ? Léa t'a raconté ça ? Elle est tellement parano !
Moi : Ben non ! Je pense simplement qu'elle ne lui fait pas confiance.
Lui : Pfff. (Comme je te dis souvent, c'est un gars de peu de mots.) Bon, faut que j'y aille.

C'est tout. J'espère que tu es fière de moi ! Premièrement, je l'ai invité à déjeuner à ma table (tout un effort), et deuxièmement, j'ai investigué à propos de ses activités et je lui ai fait comprendre qu'on n'aimait pas Sarah.

Faut que je file, j'ai un cours de français avec Monsieur Patate*. Je pensais m'en être débarrassée après mon secondaire 2, mais il a décidé de commencer à enseigner aussi en secondaire 3 ! Tu es tellement chanceuse de ne pas devoir l'endurer une autre année !
N'oublie pas de lire mon mail pour Cédric. Je veux savoir ce que tu en penses. (J'ai opté pour un ton « d'une fille

* 

sympathique et légèrement dragueuse qui ne s'en rend pas compte ».) J'ai hâte que tu me racontes ta première journée !
Lou x

Pièce jointe :

Salut, Cédric !
J'espère que tu vas bien et que le retour à la civilisation n'a pas été trop difficile. Moi, ça va moyen : je recommence l'école aujourd'hui et comme je t'ai dit, ma best *a déménagé, alors je me sens un peu toute seule.*

Je me suis vraiment amusée au party sur la plage, et j'ai beaucoup aimé la fin de la soirée. ;) Comme tu n'habites pas très loin de chez moi, ce serait génial de se revoir ! Fais-moi signe. :)
Marilou

À : Marilou33@mail.com
De : Léa_jaime@mail.com
Date : Lundi 31 août, 17 h 16
Objet : Quelle journée !

Salut, Lou,
Je trouve que ton mail est génial ! Tu vas droit au but, mais tu ne le supplies pas non plus. Je suis certaine qu'il ne pourra pas résister à ton charme et qu'il

t'invitera à faire quelque chose. OUUUHHHH !
Pour le reste, je comprends vraiment ta peine. :(Je m'ennuie tellement de toi que des fois, je te parle dans ma tête ! Je sais que tu n'es pas aussi proche des autres filles, mais elles sont super fines [L], alors essaie de te changer les idées le plus possible. Et comme tu dis, tu as toute ta gang de natation avec qui tu peux partager tes exploits aquatiques. Donne-toi un peu de temps, tu finiras par t'habituer à ne pas me voir dans la cafétéria. ;) Mais attention : je t'interdis formellement de m'oublier ou de me remplacer. Les *BFF* [L], c'est irremplaçable, bon !

J'ai, moi aussi, passé une journée difficile. Pire que ce que je pensais ! Tout a commencé ce matin lorsque j'ai réalisé que mon frère n'allait pas fréquenter la même aile que moi ! Les secondaires 1, 2 et 3 sont dans l'aile A, tandis que les secondaires 4 et 5 sont dans l'aile B. En résumé, je suis prise avec des bébés et je ne peux même pas m'asseoir avec mon frère à l'heure du déjeuner pour faire semblant que j'ai des amis parce qu'on ne mange pas dans la même cafétéria !

On m'a informée au secrétariat que je devais me rendre à l'auditorium pour la présentation des profs de secondaire 3 et du directeur. Je me suis évidemment perdue en m'y rendant et je suis arrivée en retard. La porte a grincé et tout le monde s'est retourné vers moi.

J'avais vraiment honte. Après l'heure plate passée à écouter les profs et le directeur nous faire un sermon sur l'importance des études, ils ont décidé de présenter tous les nouveaux élèves de secondaire 3. Personne ne m'avait prévenue que je devais monter sur scène et me poster à côté du directeur en souriant comme une cruche! J'espérais au contraire m'intégrer discrètement au reste des élèves et me perdre dans la foule! Il y a seulement quatre nouveaux en secondaire 3 : moi, deux gars et une autre fille. (Elle s'appelle Marianne et elle connaît déjà plein de monde cool. En plus, elle a un petit quelque chose qui me fait vraiment penser à Sarah Beaupré. Elle est donc sur ma liste noire.) Heureusement qu'ils ne nous ont pas demandé de faire un discours! Ils nous ont plutôt proposé de participer à la visite guidée de l'école pendant l'heure du déjeuner. J'ai accepté (on connaît mon sens de l'orientation légendaire), mais Marianne a refusé leur offre : « C'est bon, mes amis vont s'occuper de me faire visiter l'école. »
Après ça, ils nous ont remis notre numéro de casier, notre horaire, notre agenda et nos codes d'accès. Comme l'aile du « 1er cycle » (Pfff!) est assez petite, je m'y retrouve déjà plutôt bien. J'ai appris que j'étais dans le groupe 34. (Il y a seulement quatre groupes de secondaire 3 et nous ne sommes que cent vint-cinq élèves. Je trouvais ça important de fréquenter une petite école en arrivant ici, sinon je pense que je ne me serais jamais adaptée et que je me serais isolée jusqu'au bal de finissants [L] !) Je suis allée déposer mes

affaires dans mon casier et j'ai regardé les jeunes qui se retrouvaient en criant de joie à côté de moi :

« T'es là ! »
« Je suis tellement contente de te revoir ! »
« Comment s'est passé ton été ? »

Ils étaient tous tellement heureux de se retrouver que j'ai senti une grosse boule se former dans ma gorge. Je m'ennuyais tellement de notre école. J'aurais tout donné pour être téléportée jusqu'à toi. Je pense même que j'aurais été contente de revoir Sarah ! (J'exagère.)

Ensuite, il y a eu la visite guidée de l'école (Nous sommes allés dans l'aile du « 2e cycle » et elle est beaucoup plus cool que la nôtre ! Ils ont même une radio et un café étudiant ! Mon frère est vraiment chanceux.) et le directeur a invité les nouveaux à partager un « goûter » dans la cour d'école, ce qui faisait un peu mon affaire parce que ça m'évitait de m'asseoir seule dans la cafétéria. J'ai essayé de parler aux autres nouveaux, mais ils étaient tout aussi gênés que moi, ce qui n'aidait pas vraiment notre cas. Je me suis tout de même consolée en me disant que nous étions tous (à part Marianne) dans le même bateau et qu'entre rejets, nous pourrions nous entraider.
Après le goûter, les cours ont commencé et j'ai pu observer les gens de ma classe avec soin. Conclusion : il y a des filles qui font vraisemblablement partie de

la gang des cool et qui me regardent déjà croche. La pire d'entre elles s'appelle Maude. Elle a les cheveux châtains bouclés jusqu'aux épaules, des yeux bleus et un corps parfait. Les autres filles réclament son attention comme si elle était leur reine. Maude sort avec José, un super beau latino que j'ai remarqué dès mon entrée tardive dans le gymnase, mais il n'est pas dans le même groupe que nous. En sortant de mon dernier cours de la journée (maths), j'ai vu Marianne (la nouvelle, qui se prend déjà pour la plus cool au monde) rejoindre Maude près de son casier. J'ai compris qu'elles appartenaient au même clan d'intouchables. Pourquoi ce sont toujours les mêmes qui règnent dans une école ?

Heureusement pour moi, une fille de ma classe (Annie-Claude) a eu pitié de moi et s'est mise à me parler avant le début du cours. Elle a été super gentille et m'a même proposé de me joindre à elle et à ses amies pour les travaux d'équipe.

Elle : Je suis arrivée ici en secondaire 2, alors je sais que ce n'est pas évident au début.
Moi : Merci, c'est vraiment gentil. J'avoue que je ne connais personne.
Elle : C'est une toute petite école; tu verras que dans deux mois, tu connaîtras tout le monde ! En attendant, je peux t'aider, si tu veux.

J'ai souri en guise de réponse et mon regard s'est tourné vers le groupe des nunuches [L] cool.

Elle : Ouais, celles-là sont immanquables. Je pense qu'elles existent dans toutes les écoles du monde ! Jeanne, la grande, est gentille quand tu apprends à la connaître, mais les autres sont un peu insupportables.
Moi : Lesquelles ?
Elle : Il y en a quatre : la brune là-bas s'appelle Lydia et la petite rousse s'appelle Sophie. Il manque juste Katherine, qui est dans le groupe 32 avec José.

Après quoi elle a poursuivi ses explications, mais j'avoue que je ne me souviens plus des noms. C'est beaucoup trop d'informations en une seule journée. Après les cours, je suis rentrée directement à la maison (j'ai pris le métro sans me perdre) et j'ai pleuré pendant 20 minutes avant de t'écrire. Tout est tellement différent, ici. Je me sens comme une aiguille dans une botte de foin. Si je ne vais pas à l'école demain, personne ne s'en rendra compte. :'(

Je n'ai pas l'énergie de parler à Thomas. Je ne veux pas trop l'énerver avec mes problèmes et je sens que je vais piquer une crise de jalousie s'il me parle de Sarah, alors je vais aller prendre un bain et me relaxer avant de devoir tout recommencer demain.
Léa xox

P.-S. : Donne-moi des nouvelles de Cédric dès que tu en as !

À : Léa_jaime@mail.com
De : Marilou33@mail.com
Date : Mardi 1er septembre, 07 h 07
Objet : Je pense à toi :)

Salut, Léa,
J'ai lu ton mail avant de me coucher hier soir, mais je n'ai pas eu le temps de te répondre. Je suis vraiment désolée que ce soit si difficile pour toi. Je peux m'imaginer que c'est vraiment différent d'ici, mais dis-toi que tu vas t'habituer et que ça va devenir de moins en moins bizarre de fréquenter ces nouvelles personnes. En plus, tu viens me rendre visite le mois prochain ! Youpi !
Si ça peut te remonter le moral, tu ne rates vraiment pas grand-chose ici. Je passe beaucoup de temps à la piscine et je n'ai pas de vie sociale depuis ton départ. Je pense beaucoup à Cédric (qui ne m'a toujours pas répondu) et je me prépare à passer une autre année de malheurs avec Monsieur Patate.

J'ai justement vu Thomas hier soir à la station-service. Il traînait avec son meilleur ami Seb. Je ne lui ai pas parlé, et laisse-moi te donner mon opinion de meilleure amie : je trouve que tu as bien fait de ne pas l'appeler. Tu sais que je ne le porte pas dans mon cœur (si tu veux mon avis, il pourrait être un peu plus à l'écoute de ce qui t'arrive), mais je ne souhaite tout de même pas qu'il te brise le cœur et que ça aille de travers entre vous. Je crois donc qu'il vaut mieux que tu sois de bonne humeur quand tu lui parles pour éviter que ça empire ton état.

Je pars pour l'école, mais je te réécris dès que je peux !
Lou x

À : Thomasrapa@mail.com
De : Léa_jaime@mail.com
Date : Mercredi 2 septembre, 16 h 01
Objet : RE : L'école

Salut,
Ça fait quatre jours que je n'ai pas de tes nouvelles et je m'ennuie. :(Que fais-tu de tes journées ? Est-ce que la rentrée est difficile ? Ça se passe bien avec ta « tutrice » ? Elle n'est pas trop collante ? ;)

De mon côté, les journées passent et se ressemblent. Je n'ai pas d'amis, alors je m'efforce de parler à Annie-Claude, une fille de ma classe qui m'a un peu prise sous son aile. Pendant l'heure du déjeuner, elle a souvent des rencontres avec son comité étudiant, alors je me retrouve vraiment toute seule. Hier midi, je me sentais tellement rejet que je suis allée manger mon lunch dans le parc, et ce midi, j'ai décidé d'errer dans l'école en lisant les annonces sur les tableaux d'affichage. J'avais une boule dans la gorge et je suis allée m'enfermer dans les toilettes pour pleurer.

Quand je suis retournée en classe pour mon cours d'anglais, Annie-Claude m'a regardée d'un drôle d'air et m'a demandé si tout allait bien. Elle a dû se rendre compte que j'avais pleuré. Elle doit me prendre pour une folle. Elle va sans doute arrêter de me parler elle aussi et je devrai m'isoler au fond de la classe jusqu'à la fin de l'année. Je m'excuse, je sais que je ne suis pas très joyeuse... Mais tu me manques aussi, et ça n'aide pas à améliorer mon humeur. :) J'espère que tu pourras m'écrire quand tu auras deux minutes... Je t'aime !
Léa

À : Léa_jaime@mail.com
De : Marilou33@mail.com
Date : Mercredi 2 septembre, 17 h 37
Objet : Où es-tu ?

Salut !
Ma mère m'a dit que tu m'as appelée ce matin, et j'essaie de te joindre depuis, mais sans succès. La ligne est occupée depuis plus d'une heure. Comment vas-tu ? Est-ce que les choses se sont un peu améliorées ? Je sais que tu peux parfois être timide et que ce n'est pas évident pour toi de faire les premiers pas, mais je pense que tu gagnerais beaucoup à parler aux gens que tu ne connais pas. Ils savent que tu es nouvelle, alors ils ne commenceront pas à se moquer

de toi et à t'humilier publiquement. Tu dois prendre des risques, ma belle. Ce n'est pas la première fois que je te le dis.

Prends exemple sur moi : je désobéis à ma mère, je prends une bière, j'embrasse Cédric, je lui envoie un mail et je n'ai toujours pas de réponse. Ça fait un peu mal à l'orgueil, mais au moins, je n'ai pas de regrets ! J'ai été invitée au party de Seb vendredi soir. Ses parents ne sont pas là. Je ne pensais pas y aller, mais Steph m'a convaincue parce qu'elle a un *kick* [L] sur lui et que je suis sa seule porte d'entrée au party. Il y aura surtout du monde de secondaire 4 et 5, alors je ne me sens pas vraiment à ma place. Ça ne me dérangeait pas de t'accompagner quand tu avais besoin d'une amie aux partys plates de ton chum, mais là, ce n'est pas pareil. J'ai quand même accepté en me disant que ça me permettrait de surveiller Thomas du coin de l'œil et de me changer les idées un peu.

Réponds-moi dès que tu lis mon mail pour que je sache que tu es encore en vie et que tu n'as pas décidé de déménager au Grand Nord sur un coup de tête !
Lou xox

À : Marilou33@mail.com
De : Léa_jaime@mail.com
Date : Mercredi 2 septembre, 21 h 06
Objet : Ici !

Salut ! Un autre bel avantage de la distance : la difficulté de se joindre ! Je t'ai appelée ce matin parce que j'avais vraiment le cafard et je me disais que les mots d'encouragement et les blagues de ma *BFF* m'aideraient à me remonter le moral. Heureusement, ton mail a eu le même effet ! Tu as totalement raison : je dois sortir un peu de ma coquille et parler aux autres, même si je me sens intimidée. Sinon, je ne me ferai jamais d'amis et je passerai tous mes midis à errer avec les *nerds* du club d'informatique. :'(

Mon frère s'est déjà fait plein d'amis, lui. Je ne sais pas comment il fait, mais on dirait que c'est dans sa génétique d'attirer les gens cool et populaires et d'avoir du succès auprès des filles. On est rentrés ensemble ce soir et il m'a dit qu'il avait déjà un rendez-vous avec une fille vendredi soir ! Pourquoi mes parents ne m'ont-ils pas transmis un peu de son magnétisme quand ils m'ont conçue ? J'ai l'impression qu'il a hérité des bons gènes, et que moi, j'ai été prise avec les restes de table ! Lol !

Quand tu m'as appelée, j'étais au téléphone avec Thomas, ce qui explique que la ligne était occupée.

En fait, je lui avais envoyé un mail un peu désespéré parce que ça faisait quatre jours que j'étais sans nouvelles de lui, et, surprise, c'est ce qu'il fallait pour qu'il daigne se rappeler qu'il avait une blonde. ;) Mais comme il était un peu grognon au téléphone, je ne voulais pas l'embêter avec mes problèmes de « rejetitude » et lui casser les pieds avec mon adaptation scolaire... Je lui ai quand même dit que je trouvais ça difficile, que je m'ennuyais beaucoup de toi et de lui et que j'aimerais lui parler plus souvent, mais il m'a traitée de bébé. Je DÉTESTE quand il se sert de nos 18 mois de différence pour me faire la morale. S'il était si mature que ça, il s'arrangerait pour passer ses cours et son examen de conduite et pour venir me voir en auto ! Mais non, il préfère perdre son temps à rafistoler les vieux moteurs de son oncle. Tu peux t'imaginer que, à la suite de son super commentaire, la conversation s'est un peu envenimée.

Moi : Je ne suis pas bébé ! J'ai juste besoin de sentir que tu es là pour moi, des fois.
Lui : Je fais ce que je peux, Léa. Ne sois pas étouffante, s'il te plaît. Quand tu vas avoir 16 ans et que tu vas commencer à travailler, tu vas voir que ce n'est pas évident de trouver du temps pour ton chum.
Moi : Ben là, ne dis pas que je suis étouffante. Je suis à l'autre bout du monde ! Je ne peux pas être moins étouffante que ça, me semble. (Avoue que j'ai raison !)
Lui : Laisse faire, tu ne comprends rien !

Et CLIC ! Il m'a raccroché au nez. Après ça, j'ai éclaté en sanglots. Ma mère m'a entendue et a frappé à la porte de ma chambre, ce qui n'a pas vraiment aidé les choses.

Elle : Léa ? Je peux entrer ? Qu'est-ce qui se passe ? Pourquoi tu pleures ?
Moi : Je n'ai pas d'amis, je hais Montréal, et Thomas va me laisser parce que je suis trop jeune. Et tout ça, c'est de VOTRE faute !
Elle : Léa, tu sais bien que ce n'est pas de notre faute. Je comprends que ce soit difficile, mais il va falloir que tu te ressaisisses, ma belle. Je te connais, si tu souris aux autres, tu vas te faire plein d'amis.
Moi : Ça n'a rien à voir, tu comprends rien !
Elle : Bien sûr que je comprends. Et pour ce qui est de Thomas, je ne veux pas te faire de peine, ma chouette, mais je pense que vous êtes un peu jeunes pour vivre une relation à distance. Il y a des ajustements à faire et tu dois être consciente que ça se peut très bien que ça ne marche pas entre vous deux.

Je lui ai lancé un regard furieux. Elle m'a laissée seule dans ma chambre. Je leur en veux tellement de m'avoir traînée jusqu'ici ! Après notre chicane, je me suis calmée et j'ai décidé de rappeler Thomas pour m'excuser. Il m'a dit que c'était correct, mais je sentais encore un froid entre nous deux. Ce n'est pas facile non plus de se réconcilier à distance. Bref, j'ai encore une boule dans la gorge et je suis vraiment tannée de pleurer. Je vais donc suivre les conseils de ma *best* et reprendre ma vie en main. Demain, je serai une nouvelle Léa !

T'es super fine de bien vouloir aller au party pour surveiller Thomas. ;) En plus, ça va te permettre de te changer les idées un peu. Je donnerais n'importe quoi pour être téléportée chez Seb et y aller avec toi. :)

Dernière chose : j'aime beaucoup la nouvelle Marilou rebelle qui désobéit et qui *frenche* des inconnus après avoir bu de la bière, mais ne change pas trop parce que moi, je t'aime comme tu es. :)
Léa
xox

Le Blog de Manu

Inscris un titre : Un problème d'intégration

Écris ton problème : Salut, Manu ! J'ai commencé à fréquenter ma nouvelle école il y a quelques jours et ça ne va pas du tout. La vérité, c'est que je me sens différente des autres. J'ai l'impression qu'ils viennent tous de la grande ville ou de pays exotiques, qu'ils ont tous voyagé et qu'ils parlent tous parfaitement trois langues, tandis que moi, je suis la petite nouvelle débarquée de la campagne qui n'a pas fini de grandir, qui n'a pas encore de seins et qui n'a rien vécu d'excitant dans sa vie.

Quand je regarde la fille la plus populaire de mon niveau, je l'envie d'être aussi belle et aussi cool. Est-ce qu'elle est née comme ça ou est-ce qu'elle a déjà été rejet, elle aussi ? Est-ce que ses cheveux sont aussi parfaits quand elle se lève le matin ? Je trouve ça injuste que certaines personnes aient une vie si facile comparée à la mienne. Je ne sais pas comment m'intégrer à un monde si différent du mien, et j'ai peur de ne jamais y arriver. Tu réponds souvent qu'il faut laisser la chance aux autres de nous connaître, mais je ne sais pas trop comment m'y prendre, et j'ai peur qu'ils me trouvent un peu niaiseuse et qu'ils rient de moi. :(
Léa

Manu répond à deux questions par semaine. Tu seras peut-être choisie...

Mercredi 2 septembre

22 h 03

Félix (en ligne): C'est qui, Manu?

22 h 03

Léa (en ligne): Pourquoi tu me demandes ça? T'as fouillé dans mes affaires?!

22 h 04

Félix (en ligne): Ben non, relaxe! Je voulais juste emprunter ton agrafeuse et j'ai vu le *Blog de Manu* sur ton écran d'ordi. C'est une secte, genre?

22 h 04

Léa (en ligne): Tellement pas! C'est un gars qui a un blog. On peut lui poser des questions personnelles et lui demander son avis. C'est super cool. Il nous aide avec ses réponses.

22 h 05

Félix (en ligne): Il t'a répondu?

22 h 05

Léa (en ligne) : Pas encore, mais ça va venir. En attendant, je lis ce qu'il répond aux autres filles. C'est *full*[L] populaire. Tu connais rien.

22 h 06

Félix (en ligne) : Je connais les choses essentielles de la vie et je n'ai pas besoin de me confier à un gars qui n'existe pas pour me sentir mieux !

22 h 06

Léa (en ligne) : On sait bien ! Monsieur Populaire n'a pas besoin de se confier à personne ! Mais c'est pas pareil pour moi. Ça m'aide.

22 h 07

Félix (en ligne) : OK, d'abord ! Mais tu sais, tu peux me les poser, tes questions.

22 h 07

Léa (en ligne) : Non ! Toi, tu comprends rien, pis tu ne sais pas c'est quoi être rejet.

22 h 07

Félix (en ligne): Bon, fais comme tu veux, mais si jamais tu veux me parler, je suis là. Même si tu m'énerves souvent. ;) Bon, bonne nuit. Et «gros bisous à Manu».

22 h 08

Léa (en ligne): T'es con!

22 h 08

Félix (en ligne): T'es conne!

22 h 08

Léa (en ligne): Bonne nuit, «Monsieur Cool qui n'a pas besoin de se confier»! Lol.

22 h 09

Félix (en ligne): Bonne nuit, «Léa la rejet». ;)

À : Léa_jaime@mail.com
De : Marilou33@mail.com
Date : Jeudi 3 septembre, 16 h 33
Objet : Ouah !
1 pièce jointe : Mail Cédric

Je te jure que, là, je donnerais n'importe quoi pour venir te rejoindre à Montréal. J'ai envie de sauter dans le premier autobus et de tout oublier. Cédric m'a répondu, mais ce n'est pas ce à quoi je m'attendais. Pourquoi suis-je si malchanceuse en amour ? Est-ce que tous les gars sont aussi poches[L] ? J'ai le cœur gros. :(J'aimerais tellement ça que tu sois ici. On pourrait en discuter de long en large et parler en mal des gars ! Pour l'instant, je me contente de t'envoyer sa « super » réponse pour te laisser juger par toi-même.
Lou xx

Pièce jointe :

Salut, Marilou !
Content d'avoir de tes nouvelles. Tout se passe bien chez nous aussi. L'école a recommencé et j'ai pu retrouver ma gang.

Tu dois savoir qu'à mon retour, mon ex est venue me voir pour reprendre, et j'ai dit oui. Je suis désolé, mais je ne veux pas lui jouer dans le dos. J'espère que tu comprends et qu'on pourra quand même rester amis.
Cédric

À : Léa_jaime@mail.com
De : Thomasrapa@mail.com
Date : Vendredi 4 septembre, 09 h 41
Objet : Salut

Salut, Léa,
Je me suis levé tard ce matin. Hier soir, je suis allé au parc avec les gars. Seb avait apporté des pétards et il faisait peur aux écureuils. Je trouvais ça très drôle. Si tu veux vraiment le savoir (parce que je sais que tu vas me le demander), oui, on avait fumé. Mais ne te fâche pas; je te jure que je ne fume presque plus.

Ce matin, ça ne me tentait pas de me lever à 7 h, alors j'ai décidé de sécher les premiers cours et de faire des recherches sur Internet sur les écoles de conduite. Ça tombe bien, parce que comme ma mère travaille de nuit et qu'elle ne rentre pas avant midi, j'ai un peu la paix !

Tu dois déjà être à l'école. Je voulais juste te dire que je pensais à toi. Je sais que les choses sont un peu tendues entre nous deux depuis que tu es partie, mais dis-toi qu'on se voit bientôt et que ça va sûrement aider les choses. :)

J'ai des cours de rattrapage après l'école. Je ne comprends pas pourquoi tu détestes tellement Sarah. Je te jure que si tu te donnais la peine de mieux la connaître, tu réaliserais qu'elle est très cool. Si ça

peut te calmer les esprits, sache qu'elle sort déjà avec Jonathan Prévost, le gars de secondaire 5 que tu trouvais tellement beau l'an passé. Elle est prise, donc je ne crois pas qu'elle se jette sur moi entre deux équations !
On se parle plus tard,
Thomas

À : Marilou33@mail.com
De : Léa_jaime@mail.com
Date : Vendredi 4 septembre, 21 h 11
Objet : Une semaine de terminée !

Salut, Lou !
J'ai tellement de choses à te raconter que je ne sais même pas par où commencer ! Je vais y aller par énumération :

1. Je suis tellement désolée pour Cédric. C'est vraiment plate qu'il ait une blonde, mais d'un autre côté, tu peux lui accorder le fait qu'il a été honnête avec toi. Non ? Je trouve ça quand même cool qu'il t'ait dit la vérité, mais je comprends que tu sois déçue. Ne t'en fais pas, Lou ! Je suis sûre que tu vas finir par rencontrer un bon gars. Ce n'est pas vrai qu'ils sont tous poches ! Regarde Thomas. (Je sais qu'il t'énerve, mais tout de même !)

2. Parlant de lui, il m'a écrit ce matin pour me dire qu'il avait séché ses cours et qu'il s'ennuyait de moi. C'est sûr que ça m'énerve qu'il passe son temps à fumer du pot avec ses amis, mais je sais que je ne peux pas le changer. Et tu sais que je l'aime. Il m'a dit que Sarah sortait avec le beau Jonathan de secondaire 5 (qu'est-ce qu'il lui trouve ?), mais je tiens quand même à ce que tu le surveilles au party de ce soir. OK ?
3. J'ai survécu à ma première semaine et je suis en congé pendant 3 jours ! Heureusement, les choses se sont (un peu) améliorées à l'école. Jeudi, j'ai décidé d'accrocher un sourire à mon visage et de saluer les gens dans ma classe. À ma grande surprise, personne n'a ri de moi et personne ne m'a ignorée. Je me suis assise près d'Annie-Claude.

Elle : Alors, comment ça se passe, ta première semaine ?
Moi : Correct, mais j'avoue que je trouve ça difficile de ne connaître personne. Les gangs sont déjà formées, et ce n'est pas évident de m'intégrer ou de m'inviter dans un groupe.
Elle : Si je peux t'aider, fais-moi signe ! Je fais partie de trois comités, et je sais que ça aide de s'impliquer.
Moi : Quels comités ?
Elle : Je m'occupe de l'improvisation, de l'association étudiante et du journal étudiant.
Moi : Le journal ? C'est cool ! J'ai toujours aimé écrire.

Elle : Si ça t'intéresse, on a une rencontre mardi prochain pour former la nouvelle équipe.
Moi : Oui, c'est sûr que je vais être là !

Tous les sites et les articles que j'ai lus (ou plutôt que mes parents m'ont fait lire) sur l'intégration dans une nouvelle école suggèrent de s'impliquer dans des activités pour se faire de nouveaux amis. Je commence à comprendre ce qu'ils veulent dire. Je sais que je ne vais pas rencontrer des gens en claquant des doigts. Les gangs sont formées et les jeunes de mon niveau se connaissent déjà très bien, alors il faut que je sois plus combattive. Tu avais raison (comme d'habitude) : je dois passer à l'action ! Je pense que ça pourrait être cool de participer au journal. Après tout, je n'ai rien d'autre à faire et ça pourrait m'aider si jamais je me décide à étudier le journalisme...

À l'heure du déjeuner, je me suis assise avec Annie-Claude à la cafétéria. Elle m'a présenté quelques-uns de ses amis. Je t'en fais une courte description pour te donner une meilleure idée.

Julie : elle fait partie de la troupe de théâtre et du groupe d'improvisation. Elle aime s'accoutrer en artiste avec des turbans et des tuniques et elle porte toujours des sandales en cuir.
Éloi : il est super gentil (et assez mignon). Il connaît tout le monde et il est impliqué dans TOUTES les activités. C'est le genre de gars avec qui on se sent tout de suite très à l'aise.

Éric : il se prend vraiment au sérieux. C'est le genre de personne que tu peux imaginer dans les débats politiques de l'école ou dans les tournois de *Génies en herbe*. Il est grand, il ne rit pas beaucoup et il n'a pas l'air d'apprécier particulièrement ma présence.

J'étais tellement contente d'être assise à une table avec des gens au lieu de faire semblant d'être occupée ou de me cacher pour ne pas montrer que je suis toute seule !

J'ai aussi aperçu Marianne en grande discussion avec Maude et son amie Katherine dans un coin de la cafétéria. Elles se chuchotaient des choses à l'oreille et riaient en regardant le reste des élèves. J'espère que je ne suis pas dans leur ligne de mire. Je déteste les filles qui intimident et qui se moquent gratuitement des autres, mais ça ne veut pas dire que je tiens à être leur souffre-douleur.

Après les cours, je suis passée par mon casier et j'ai remarqué qu'il était situé juste à côté de celui de José, le beau latino. Il était en pleine session de *french* avec Maude. Elle s'est tournée vers moi.

Maude : Salut. T'es la nouvelle, non ?
Moi : Oui.
Maude : Comment tu t'appelles ?
Moi : Léa. Toi ? (Je voulais faire semblant que je ne la connaissais pas pour éviter d'avoir l'air d'une groupie.)

Maude : Maude. Et lui, c'est mon chum, José. Comme ton casier est collé au sien, je pense que tu vas me voir pas mal souvent. (Rire niaiseux.)

Moi : Ah, OK. (Je ne savais pas quoi répondre.)
Elle a ensuite chuchoté quelque chose à l'oreille de José (sûrement un truc qui a trait à mon manque de style ou au bouton qui a poussé sur mon front) et elle est partie en lui faisant un signe de la main. José s'est tourné vers moi.

José : *Bye*, Léa. Bon week-end.

Le plus beau gars de secondaire 3 ET le chum de la fille la plus populaire de mon niveau m'a adressé la parole ! Je sais que tu ris de moi en lisant ça, mais je me suis tellement sentie rejet cette semaine que ça m'a vraiment remonté le moral !

Quand je suis sortie dehors, mon frère était assis en face de l'école avec d'autres groupes de jeunes. Il était en grande conversation avec une brunette qui semblait être pendue à ses lèvres. Comme je ne voulais pas lui faire le coup de la petite sœur chiante, je me suis contentée de lui faire un signe de la main avant de continuer mon chemin jusqu'au métro. Il est maintenant plus de 21 h et il n'est toujours pas rentré. J'imagine que c'est avec elle qu'il avait un rendez-vous ce soir. Je te tiendrai au courant.

Tu dois être au party en ce moment... J'espère que tu t'amuses et que Thomas se porte bien. Si au moins on avait des portables, on pourrait s'envoyer des textos pour se raconter nos vies de façon interactive ! Aucune chance de convaincre mes parents pour l'instant. :(

Je te laisse : j'ai un marathon de *Gossip Girl* à regarder !
Écris-moi dès que tu rentres.
Léa xox

À : Léa_jaime@mail.com
De : Marilou33@mail.com
Date : Samedi 5 septembre, 10 h 53
Objet : Quelle soirée !

Désolée si je ne t'ai pas écrit en rentrant hier, mais j'étais vraiment claquée.

Steph et moi sommes arrivées au party vers 20 h 30 pour ne pas être les premières là-bas. Au début, c'était le fun parce que je connaissais la plupart du monde, mais vers 21 h, la maison a commencé à se remplir et les gens sont devenus de plus en plus saouls. Seb m'a offert une bière, mais j'ai refusé. (On se souvient où m'a menée ma dernière expérience avec l'alcool !) Steph s'est empressée d'accepter et ils ont disparu dans la cuisine.

J'ai fait le tour pour repérer Thomas, puis je l'ai vu arriver avec JP et... Sarah Beaupré. Ils sont apparemment devenus amis et leurs gangs se tiennent ensemble maintenant. C'est un peu normal puisqu'ils sont tous en secondaire 4. (Je t'entends ventiler jusqu'ici !) En tout cas, son chum Jonathan n'était pas avec elle. Quand Thomas m'a vue, il a eu l'air surpris. J'imagine qu'il ne s'attendait pas à me voir dans ce genre de party. Il a traversé le salon pour venir me parler.

Lui : Salut, Marilou. Qu'est-ce que tu fais ici ?
Moi : Seb m'a invitée, alors je suis venue avec Steph.
Lui : Mmh. (Il avait l'air mal à l'aise.) Sarah habite proche de chez nous, alors on est venus ensemble.
Moi : OK... Pourquoi tu me dis ça ?
Lui : Parce que je sais que tu vas le raconter à Léa et je sais qu'elle est jalouse. Et je te jure qu'il n'y a aucune raison de l'être. Sarah, c'est juste une amie. En plus, j'ai déjà dit à Léa qu'elle avait un chum, mais on dirait qu'elle ne comprend pas.
Moi : Je ne pense pas que ce soit ça qui la dérange, Thomas. Je crois que ce qui lui fait de la peine, c'est que tu ne lui donnes jamais de nouvelles et qu'elle se sente seule à l'autre bout du monde.
Lui : Ouais, je sais, mais je peux rien faire, moi.
Moi : Ben, tu pourrais commencer par lui donner des nouvelles plus souvent.

Je te jure, Léa, j'avais envie de lui arracher la tête ! Ça veut dire quoi « je peux rien faire » ? Je sais que tu l'aimes, ton Thomas, mais je ne trouve pas que c'est le gars le plus débrouillard au monde. Il m'a regardée d'un drôle d'air. Je pense qu'il était surpris que j'ose lui parler de cette façon-là. J'ai donc tourné les talons et je suis allée voir Steph dans la cuisine. Elle était en train d'embrasser Seb à pleine bouche, alors je lui ai fait signe que je partais et je suis rentrée chez moi. Je ne sais pas comment la soirée s'est terminée, mais je pourrai demander tous les détails à Steph quand je lui parlerai.

J'espère que tu ne m'en veux pas d'avoir été bête avec ton chum, mais je ne me sens pas top depuis le mail de Cédric. Je sais que je n'ai pas vraiment de raison de lui en vouloir (tu as raison : il a au moins le mérite d'être honnête), mais je suis quand même triste que ça n'ait pas fonctionné. J'aimerais ça avoir un chum, tu comprends ! Et j'aimerais ça que ton chum te rende heureuse. Est-ce que c'est trop demander ?

Je m'en vais prendre mon petit déjeuner, mais je t'appelle un peu plus tard. Je me suis acheté une nouvelle jupe pour me remonter le moral et j'ai besoin de ton avis, alors prépare ta caméra !
Lou xx

À : Marilou33@mail.com
De : Léa_jaime@mail.com
Date : Samedi 5 septembre, 11 h 40
Objet : Re : Quelle soirée !

Je viens tout juste de lire ton mail, et je voulais simplement te dire que je ne suis pas fâchée du tout que tu lui aies dit ta façon de penser. Contrairement à moi qui n'ose jamais dire un mot de travers, tu n'as pas peur de dire ce que tu penses et tu te fiches un peu du regard des autres. Des fois, j'aimerais ça être comme toi au lieu de marcher sur des œufs et d'exploser quand je n'en peux plus !

Je n'en reviens pas qu'il soit arrivé avec Sarah. Il a dû être surpris de te voir parce qu'il ne s'attendait pas à ce que tu le voies avec elle ! Je suis tellement en colère !

Le pire, c'est qu'en me couchant hier soir, je me suis dit que j'étais vraiment chanceuse d'être avec lui. Son petit mail m'avait tellement fait plaisir, mais je sens qu'il a tout gâché avec ses cachotteries.

Appelle-moi tantôt et essaie d'obtenir des détails sur la fin de la soirée S.T.P. : ça m'obsède !!
Léa xox

À : Stephjolie@mail.com
De : Marilou33@mail.com
Date : Samedi 5 septembre, 12 h 33
Objet : Et puis ?

Salut, Steph !
Je t'ai appelée, mais ça ne répond pas chez toi. Je voulais avoir de tes nouvelles et savoir comment s'était terminée la soirée d'hier ! En tout cas, tu avais l'air pas mal occupée quand je suis partie. ;) Lol !

Léa m'a demandé des détails sur Thomas et Sarah Beaupré. Elle a peur que ce soit un peu louche entre les deux. As-tu remarqué quelque chose de suspect après mon départ ?
J'attends de tes nouvelles !
Marilou xox

À : Marilou33@mail.com
De : Stephjolie@mail.com
Date : Samedi 5 septembre, 14 h 58
Objet : Re : Et puis ?

Coucou, ma belle !
Je m'excuse tellement pour hier ! Je sais que je t'ai abandonnée pour aller avec Seb, mais il fallait bien que je saisisse ma chance ! Lol !

En fait, peu après ton départ, on s'est tous retrouvés dans le salon et une amie de Sarah a proposé de jouer à « vérité ou conséquence ». Sarah et Thomas étaient là tous les deux. Je ne crois pas qu'il sache que je suis amie avec Léa, sinon il aurait fait plus attention. Pour répondre à ta question, elle était toujours collée à lui et elle n'arrêtait pas de lui chuchoter des choses à l'oreille.

L'amie de Sarah a demandé à Thomas s'il choisissait une vérité ou une conséquence. Il a réfléchi pendant quelques secondes, et il a opté pour la conséquence. Son ami JP a dit : « Ouais, t'es mieux de ne pas dévoiler trop d'informations sur ta vie amoureuse ! » Évidemment, la fille en question lui a donné comme conséquence d'embrasser Sarah. Thomas avait l'air un peu hésitant, mais Sarah lui a dit : « C'est correct, j'ai un chum moi aussi. Et c'est juste un jeu ! » Elle l'a convaincu et ils l'ont fait. Ce n'était pas juste un petit bec rapide sur la bouche : c'était un vrai baiser avec la langue. Je ne sais pas si tu veux le dire à Léa, mais je pense que c'est mieux qu'elle l'apprenne par toi que par quelqu'un d'autre.

Quant à moi, je suis partie après le jeu. Seb m'a raccompagnée jusqu'à la porte et il m'a proposé d'aller au cinéma demain. J'avoue que je suis vraiment nerveuse ! Je sais que tu le trouves un peu niaiseux et que tu ne portes pas cette gang-là dans ton cœur,

mais je l'aime vraiment beaucoup ! En tout cas, je te raconterai les détails mardi à l'école. C'est tellement cool les week-ends de trois jours !
Steph xoxo

Chapitre 3
C comme dans « C'est compliqué » !

Le Blog de Manu

Inscris un titre: Trahison

Écris ton problème: Salut, Manu! Hier, ma meilleure amie m'a appris que mon chum avait embrassé une autre fille dans un party. C'était une conséquence dans un jeu, mais je me sens quand même trahie. Il aurait dû dire non et expliquer qu'il avait une blonde. Je ne lui aurais jamais fait une chose pareille! Comme il habite loin de chez moi, il n'y a rien que je puisse faire pour l'empêcher de voir d'autres filles, mais cet incident-là me rend encore plus paranoïaque qu'avant. Il a essayé de m'appeler, mais je n'ai pas envie de lui parler parce que je ne sais pas quoi lui dire et que j'ai peur de faire une crise. J'ai le cœur en miettes. Est-ce que je devrais lui pardonner parce que ce n'était qu'un jeu, ou est-ce que je devrais mettre une croix sur lui parce qu'il m'a trahie? Je suis tellement mélangée!
Léa

Manu répond à deux questions par semaine. Tu seras peut-être choisie...

Dimanche 6 septembre

11 h 34

Léa (absente)

Marilou (en ligne): Léa? Es-tu là? LÉAAAAAAA! Je n'ai pas eu de nouvelles de toi depuis que je t'ai transféré le mail de Steph et je t'ai appelée genre 1000 fois! Es-tu vivante? Je veux juste être certaine que tu vas bien.

11 h 37

Léa (en ligne): Salut! Excuse-moi, je suis un peu dans un état second depuis hier... Disons que j'essaie de me remettre du choc que j'ai eu en lisant le récit de Steph. Je suis toute mélangée, Lou.

11 h 39

Marilou (en ligne): Je comprends. Veux-tu qu'on décortique ensemble?

11 h 40

Léa (en ligne) : Non, c'est correct. De toute façon, ma mère veut que je l'accompagne sur l'avenue Laurier pour magasiner une robe de soirée. Elle a besoin de mon avis et elle dit que c'est donc « le fun de passer du temps de qualité ensemble ». Au moins, elle m'emmène déjeuner avant ! ☺ Ça va changer le mal de place. Mais avant que je parte, ouvre ta caméra et montre-moi ta jupe !

11 h 45

Léa (en ligne) : Wow ! En tout cas, je connais des gars qui vont c-a-p-o-t-e-r en te voyant comme ça ! Tant pis pour Cédric, il ne sait pas ce qu'il perd. Et tant pis pour tous les gars du monde s'ils ne réalisent pas à quel point on est extraordinaires ! Lol !

11 h 47

Marilou (en ligne) : Lol ! T'as raison... et tant pis pour Thomas s'il ne réalise pas la chance qu'il a d'être avec une fille comme toi. ☺ Es-tu sûre que tu ne veux pas en parler ?

11 h 48

Léa (en ligne) : Ma mère m'attend, mais si jamais j'ai le temps et l'énergie, je vais te faire signe en soirée. Sinon, je t'écris demain, c'est promis. Merci d'être là, Lou. Je ne sais pas ce que je ferais sans toi !

11 h 49

Marilou (en ligne) : Sans moi, ta vie serait un cauchemar ! Lol ! Moi non plus, je ne sais pas ce que je ferais sans toi… ☺ JTM, ma belle, et donne-moi des nouvelles quand tu reviens.

11 h 50

Léa (en ligne) : Moi aussi, JTM. ☺ À plus. xox

À : Marilou33@mail.com
De : Léa_jaime@mail.com
Date : Lundi 7 septembre, 13 h 30
Objet : Réflexion

Salut !
Je m'excuse de ne pas t'avoir appelée hier soir, mais j'avais besoin de réfléchir à ce que je voulais faire avant d'en parler. Mon après-midi avec ma mère m'a fait du bien. Elle a senti que je n'étais pas dans mon assiette, mais je me suis contentée de lui dire que je m'étais chicanée avec Thomas. Je sais que si je lui avais dit la vérité, elle m'aurait conseillé de casser avec lui, et je n'étais pas d'humeur à entendre ça.

Je te remercie de m'avoir raconté ce qui s'était passé au party. Je sais que ça ne devait pas être facile comme décision étant donné que tu ne veux pas me faire de la peine, mais crois-moi, j'aime mieux connaître la vérité. J'aurais préféré que Thomas soit honnête avec moi et qu'il me le dise lui-même après coup, mais ce n'est pas comme si je lui avais donné l'occasion de le faire. Il devait toutefois se douter de quelque chose puisqu'il m'a appelée plein de fois depuis cette soirée-là. J'ai même été obligée de dire à mes parents que je ne voulais pas lui parler à cause de « notre chicane ».

Ce matin, je me suis dit que je ne pouvais pas faire l'autruche plus longtemps et j'ai finalement décidé de l'affronter. Au début, il faisait comme si de rien n'était, et ça me frustrait tellement que j'ai fini par lui crier aux oreilles que je savais qu'il avait embrassé Sarah Beaupré.

Lui : Léa, ça veut vraiment rien dire. C'était un jeu.
Moi : Je sais, mais moi, je ne t'aurais jamais fait une chose pareille.
Lui : J'aurais dû dire non. Je m'excuse. Je voulais t'en parler tout de suite après, mais je savais que tu allais réagir comme ça. Je te jure que ça ne veut rien dire, Léa. Tout le monde nous regardait et je trouvais ça niaiseux de me dégonfler, mais je sais que j'ai eu tort. Pardonne-moi, OK ?

J'ai décidé de lui donner une chance parce que je l'aime et parce qu'au fond, c'est vrai que c'était juste un jeu. Même si je me sens encore bizarre, je me dis que j'ai peut-être réagi trop fort. Après tout, je viens vous rendre visite dans un mois, et je pense que ça va VRAIMENT nous faire du bien. Je sais bien que tu penses que je ne devrais pas lui pardonner et que son geste est inexcusable, mais on a passé de super beaux moments ensemble et je pense vraiment qu'il peut changer.

Même si notre chicane est « réglée », je suis contente qu'on ait congé aujourd'hui, parce que je ne me sens vraiment pas d'attaque pour retourner à ma nouvelle école et refaire face aux nunuches et aux gens que je ne connais pas.

Toi, comment ça va ? Es-tu encore un peu déprimée à cause de Cédric ? Passes-tu beaucoup de temps à la piscine pour décompresser ? Est-ce que Steph sort avec Seb ? Je veux TOUT savoir !

Bon, faut vraiment que j'aille faire mes devoirs si je veux être prête pour demain. :(Je t'embrasse et merci pour tout. T'es vraiment la meilleure *BFF* au monde !
Léa xox

À : Stephjolie@mail.com
De : Marilou33@mail.com
Date : Lundi 7 septembre, 14 h 33
Objet : Merci

Salut, Steph !
Merci de m'avoir tout raconté. J'en ai parlé à Léa, mais Thomas a réussi à la convaincre de lui pardonner. J'avoue que je ne comprends pas ce qu'elle lui trouve. Elle le perçoit comme un gars mystérieux et profond, mais à mon avis, il est juste vraiment poche ! Il ne réalise pas sa chance d'avoir une blonde comme elle. Elle veut que j'appuie sa décision, mais c'est difficile de faire semblant que je suis contente pour elle. Je me sens un peu mal, et je ne sais pas trop quoi faire.

Ne t'en fais pas : je trouve que Seb est beaucoup plus cool et beaucoup plus charmant que Thomas. J'ai hâte que tu me racontes comment s'est passée ta sortie avec lui. :D

À demain !
Marilou xx

À : Marilou33@mail.com
De : Léa_jaime@mail.com
Date : Mercredi 9 septembre, 19 h 02
Objet : *I don't speak english*

LOU !! Où es-tu ? Je n'ai pas de tes nouvelles depuis lundi. :(Es-tu fâchée contre moi ? Je sais que tu n'approuves pas le comportement de Thomas, mais j'ai besoin de toi quand même, surtout en ce moment !

Hier, j'avais ma première rencontre avec Annie-Claude et les gens du journal étudiant. Ça semble assez cool et diversifié. Le seul problème, c'est qu'Éric est le rédacteur en chef et qu'il n'a pas l'air de me porter dans son cœur. Annie-Claude lui a suggéré de me faire écrire un premier article plus « éditorial » sur mon arrivée ici et sur l'adaptation. Il a dit qu'il allait y réfléchir, parce qu'il avait aussi besoin de mon aide pour classer les articles de l'an passé et monter son portfolio ! Je ne suis pas sa secrétaire, quand même ! Après la réunion, Annie-Claude est venue me voir pour s'assurer que je ne paniquais pas.

Elle : T'en fais pas avec Éric. Il est comme ça au début. Il ne fait pas confiance aux gens facilement.
Moi : Mais pourquoi ? Je ne lui ai rien fait.
Elle : Je sais, mais il s'est beaucoup fait niaiser au début du secondaire et il est sur ses gardes depuis ce temps-là. Laisse-moi lui parler. Je vais lui dire que tu es super fine et que tu es digne de confiance.
Moi : Merci, Annie-Claude, tu es vraiment gentille. Je ne vous décevrai pas, c'est promis !

On doit se revoir la semaine prochaine pour qu'Éric nous dise ce qu'il en est et qui sera responsable de quoi. Je croise les doigts pour qu'il me laisse écrire mon premier article au lieu de me faire classer ses vieux papiers.

Sur une note moins réjouissante, j'ai reçu celle de mon premier devoir d'anglais (il fallait écrire un paragraphe pour raconter nos vacances). J'ai eu 4 sur 10. :'(Après le cours, je suis allée voir le prof pour comprendre mes erreurs. Il est anglophone et parle français avec un accent assez prononcé, genre :

Le prof : Tou né viens pas de Montréal, *right* ?
Moi : Euh, non. Je viens d'arriver ici.
Le prof : Mm, le *problem*, c'est qu'on n'a pas de classe pour les *beginners*.
Moi : Hum... pour les débutants !
Le prof : *Yes* ! *So,* c'est plus difficile pour toi dé suivre les autres. Peut-être je vais demander à oune personne dé la *class* dé t'aider pour les *homeworks*.

Moi : Mais je ne connais presque personne dans la classe. Je suis nouvelle.
Le prof : *I know*. Alors je vais parler à oune élève qui a de bonnes notes pour t'aider. *Don't worry*, jé m'occupe de tout !

Il m'a souri et il est sorti de la classe. Ce que je dois comprendre, c'est que je suis nulle comparée aux autres, et comme je suis rejet et que je ne connais personne à part Annie-Claude (et qu'il y a des limites à abuser de la gentillesse de quelqu'un), le prof se chargera lui-même de me trouver un ou une ami(e) qui puisse m'aider à ne pas couler le cours. Tu penses peut-être que je dramatise, mais je te jure que je ne comprends absolument rien quand il parle ! Il passe tout le cours à bavarder en anglais et à expliquer des règles de grammaire et c'est comme si c'était du chinois. Quand il fait des blagues, je fais semblant de rire avec les autres, mais au fond, je n'ai aucune idée de ce qu'il dit ! Peut-être qu'ils rient tous de moi et que j'ai l'air encore plus cruche de rire avec eux ! Lol !

Bon, faut que je file, car mes parents m'attendent pour aller au restaurant. Mon frère n'est pas là ce soir (je lui ai demandé comment ça s'était passé lors de son rendez-vous, mais il n'a pas voulu me donner de détails. Il s'est contenté de sourire... À suivre), alors je m'attends à ce qu'ils en profitent pour me bombarder de questions sur mon adaptation et pour s'assurer que

je ne ferai pas de fugue pour vous rejoindre. Je te supplie de m'écrire avant que je rentre.
Je m'ennuie et je veux avoir de tes nouvelles !
Léa xox

À : Léa_jaime@mail.com
De : Marilou33@mail.com
Date : Mercredi 9 septembre, 20 h 13
Objet : Je suis là !

Salut, Léa,
Ne t'en fais pas, je ne t'ai pas abandonnée ! J'ai été super occupée à nettoyer la maison, à m'entraîner à la piscine (oui, ça me défoule !) et à faire mes devoirs. J'avais oublié à quel point c'était « le fun », l'école ! Lol !

Je suis désolée pour ton cours d'anglais. C'est vrai qu'on ne parle pas vraiment d'autres langues par ici, alors je peux comprendre que tu traînes de la patte comparée au reste de ta classe. Mais qui sait ? Peut-être que ton prof te jumellera avec un super beau gars, gentil, intelligent et galant, que tu tomberas follement amoureuse de lui et que tu deviendras parfaitement bilingue ! Lol ! Mais pour ça, il faudrait d'abord que tu casses avec Thomas. ;)

Steph m'a raconté qu'elle est allée au cinéma avec Seb. Et il paraît qu'il est super attentionné et plus romantique qu'elle pensait. Après le film, il l'a invitée dans un café et ils se sont encore embrassés. Tu sais que Seb ne m'intéresse pas, mais j'avoue que je suis un peu jalouse. On dirait que tout le monde autour de moi a un amoureux et j'ai peur que ça ne m'arrive jamais. Le seul gars sur qui j'ai vraiment tripé dans ma vie, c'est ton frère, et on sait où ça m'a menée : nulle part ! Je l'ai aimé secrètement pendant presque tout mon primaire et le début de mon secondaire ! Je rougissais chaque fois qu'il me parlait, je pleurais en cachette chaque fois qu'il sortait avec une nouvelle fille et je n'ai jamais osé lui dire que je l'aimais. Je suis sûre qu'il aurait ri de moi. Même si tu penses qu'on ferait un beau couple, moi, je suis certaine qu'il me perçoit comme l'amie de sa petite sœur, rien de plus. Et après ce qui s'est passé avec Cédric, je n'ai pas particulièrement envie de me faire rejeter une seconde fois !

Sur cette note *full* joyeuse, je vais aller regarder un peu la télé pour me remonter le moral – la piscine n'a pas suffi aujourd'hui. ;(
Lou xx

À : Marilou33@mail.com
De : Léa_jaime@mail.com
Date : Jeudi 10 septembre, 16 h 57
Objet : Je pense à toi !

Pauvre Lou ! :(
Je ne savais pas que tu te sentais aussi seule. Je sais que tu penses que tu vas rester célibataire toute ta vie, mais je suis SÛRE que tu vas finir par rencontrer un gars qui va te rendre *full* heureuse ! Un gars super beau, intelligent et attentionné qui va être amoureux fou de toi, parce que c'est ça que tu mérites. Bref, quelqu'un de mieux que mon grand frère qui fréquente une fille différente chaque semaine. Lol !

Parlant de lui, on est revenus ensemble de l'école tantôt, et il m'a raconté que l'une de ses groupies faisait un party samedi. Il m'a invitée à y aller avec lui. Je n'en reviens pas ! Je sais que tu as toujours perçu Félix comme un dieu grec, mais il n'a pas toujours été le frère le plus présent au monde. Pendant le dîner d'hier, j'ai dit à mes parents que je trouvais ça dur d'être toujours toute seule. Les connaissant, ils ont peut-être parlé à mon frère pour le convaincre de m'emmener avec lui, question que je sorte de ma torpeur et que je développe un semblant de vie sociale. Même si je sais qu'il ne m'invite pas de gaieté de cœur, j'ai accepté son offre puisque je n'ai absolument rien d'autre à faire !

Demain, j'ai un autre cours d'anglais, alors je m'attends à ce que mon prof me présente mon tuteur ou ma tutrice. En espérant que ce ne soit pas Maude ou une autre copie conforme de Sarah Beaupré ! Lol !

Je n'ai pas eu de nouvelles de Thomas depuis lundi, et ça me fait vraiment de la peine. Il me semble qu'après ce qu'il m'a fait, il devrait me traiter aux petits oignons et me donner beaucoup d'attention. Tu ne penses pas ? L'as-tu vu cette semaine ? Sais-tu s'il a revu ma pire ennemie ? Je meurs d'envie de le lui demander, mais je sens que ça va mal tourner, qu'il va m'accuser d'être folle et de ne pas lui faire confiance. Bref, je m'abstiens, mais une chance que t'es là pour que je me défoule ! Lol !

J'attends de tes nouvelles !
Léa xox

P.-S. : *OMG* !!! Justin Bieber vient chanter à Montréal au mois de janvier ! Je vais essayer d'avoir des billets, et si tu peux t'arranger, je pense que ça vaudrait VRAIMENT la peine que tu viennes passer le week-end chez moi et qu'on aille voir le spectacle ensemble !!

À : Léa_jaime@mail.com
De : Marilou33@mail.com
Date : Jeudi 10 septembre, 20 h 01
Objet : Potin pas cool !
1 pièce jointe : Mail Steph

Je n'ai pas beaucoup de temps pour t'écrire, car je viens tout juste de rentrer de mon entraînement de natation et je dois étudier pour un test de maths, mais il fallait absolument que je te parle et ça ne répond pas chez toi !!!

Steph m'a envoyé un mail tantôt pour me raconter quelque chose au sujet de Thomas. Je te l'envoie en pièce jointe parce que c'est plus simple comme ça. Je sais que tu ne veux pas entendre ça en ce moment, mais c'est mon rôle de *BFF* de te le dire. Sérieusement, Léa, je pense que tu perds ton temps avec lui. Je comprends que tu l'aimes, mais j'ai l'impression que tu es plus attachée à l'image que tu te fais de lui qu'à ce qu'il est en réalité. Je te laisse lire le message et tu pourras en juger par toi-même.
Lou xx

Pièce jointe :

Salut, Marilou !
J'ai passé la journée avec Seb à l'école et je n'ai pas eu le temps de partager avec toi une histoire qu'il m'a racontée : il paraît que c'est plutôt louche entre Sarah et Thomas.

Il m'a dit que leur baiser l'a vraiment mélangée et qu'elle veut casser avec son chum, mais que Thomas ne veut pas faire de peine à Léa et qu'il lui a dit d'attendre. Je ne connais pas les détails, mais je me suis dit que Léa serait intéressée de savoir que son chum songe à la laisser pour sortir avec une autre fille. Une chance que Seb n'est pas comme lui.
On se voit demain !
Steph xxxxx

À : Léa_jaime@mail.com
De : Thomasrapa@mail.com
Date : Jeudi 10 septembre, 20 h 22
Objet : La vérité

Salut, Léa,
Je m'excuse d'avoir disparu cette semaine. Je sais que ce n'est pas super après ce qui s'est passé le week-end dernier, mais j'avais besoin de réfléchir un peu. La vérité, c'est que je ne veux pas te perdre, mais je trouve ça plus difficile que je pensais d'être séparé de toi. Je ne croyais pas que la distance allait nous affecter à ce point-là. Je sais que tu viens dans un mois et que ça va nous faire du bien, mais je ne veux pas te niaiser non plus et te demander de m'attendre si je ne suis pas complètement sûr de ce que je veux faire. J'ai donc pris quelques jours pour y penser.

Ne va pas penser que ça a un lien avec Sarah Beaupré. Je sais qu'elle a peut-être un *kick* sur moi, mais je ne suis pas intéressé. Le problème, c'est nous et la distance. Il me semble qu'on se chicane plus qu'avant, et je sens que tu es souvent triste ou que tu t'attends toujours à plus. D'un autre côté, je te trouve tellement drôle, tellement pleine d'énergie et tellement belle que je n'ai pas envie de te perdre. Tu es différente de moi, mais c'est justement ça que j'aime. En tout cas, je ne sais pas si mon mail est clair (il est tard et je suis fatigué), mais je voulais t'expliquer comment je me sens, parce que je crois que tu le mérites. Je ne sais plus trop quoi faire, ni quoi penser...
Thomas

Jeudi 10 septembre

20 h 30

Léa (en ligne) : Thomas ! Je viens de lire ton mail et j'ai besoin de te parler S.T.P.

20 h 31

Thomas (en ligne) : Je suis là.

20 h 31

Léa (en ligne) : Je sais que tu es mélangé et que tu trouves ça difficile, mais je ne suis pas certaine de bien comprendre où tu veux en venir.

20 h 33

Thomas (en ligne) : Je voulais simplement que tu saches que même si je t'aime, je trouve ça très difficile avec la distance.

20 h 34

Léa (en ligne) : Et tu dis aussi que tu ne veux pas me niaiser. Alors quoi, veux-tu casser ?

20 h 34

Thomas (en ligne): Non... Je ne sais pas... Je ne veux pas te perdre, Léa, mais je trouve ça difficile.

20 h 35

Léa (en ligne): Je sais que tu m'as dit que Sarah Beaupré n'avait rien à voir là-dedans, mais Marilou m'a dit que Steph lui avait dit que Seb lui avait dit que Sarah t'aimait et voulait casser avec son chum pour sortir avec toi.

20 h 37

Thomas (en ligne): Et moi je te dis que ça n'a pas de rapport. Qu'elle fasse ce qu'elle veut avec son chum. Ce n'est pas de mes affaires, et ça n'a rien à voir avec toi et moi.

20 h 39

Léa (en ligne): OK... Désolée. ☹ Je sais que c'est difficile par moments. Je veux juste que les choses s'arrangent, tu sais.

20 h 42

Thomas (en ligne): Ouais. Je m'excuse pour le mail. Je suis un peu perdu, cette semaine. Mais quand on va se voir, tout va s'arranger.

20 h 44

Léa (en ligne): Bon... OK. Bonne nuit, alors. Je t'aime. ♥

20 h 46

Thomas (en ligne): Moi aussi, je t'aime. Bonne nuit.

À : Marilou33@mail.com
De : Léa_jaime@mail.com
Date : Jeudi 10 septembre, 21 h 11
Objet : Re : Potin pas cool !

Je suis épuisée. Quand j'ai lu ton mail, je te jure que j'ai senti que mon cœur se brisait en deux. J'avais une boule dans la poitrine tellement grosse que je pensais que j'allais en mourir. Je m'apprêtais à t'appeler quand j'ai vu que Thomas m'avait écrit, lui aussi.

Il m'a avoué que Sarah avait un *kick* sur lui (un point pour l'honnêteté), et il m'a assuré qu'il n'était pas intéressé. Le problème, c'est qu'il semble douter de notre relation et qu'il a de la difficulté avec la distance. En résumé, je ne comprenais pas trop où il voulait en venir. D'un côté, il disait qu'il m'aimait, mais de l'autre, il avait l'air un peu pessimiste face à l'avenir de notre couple. Je sais que ce n'est pas facile, mais j'ai du mal à croire que Sarah n'ait rien à voir dans ses remises en question.

Tu me connais, j'étais en état de panique totale ! Comme il était en ligne, je lui ai demandé des explications parce que je ne savais pas trop s'il voulait casser avec moi ou non. Je déteste l'incertitude, et je ne peux pas dire qu'il était *full* rassurant non plus. Au moins, il m'a dit que ça nous ferait du bien de nous voir et que ça arrangerait sûrement les choses. Je ne veux tellement pas le perdre, Lou. :(

Les montagnes russes d'émotions m'ont complètement claquée, alors je vais me coucher. Merci de m'écouter et de me supporter dans mon mélodrame. Je me sens comme un personnage de *Beverly Hills 90210* ! Je ne sais pas ce que je ferais sans toi... et je veux que tu saches (je me sens un peu émotive, ne ris pas de moi) que je suis aussi là pour toi quand tu veux.
Léa xox

À : Léa_jaime@mail.com
De : Marilou33@mail.com
Date : Vendredi 11 septembre, 11 h 50
Objet : YOUPI !!!

Coucou !
Comment se passe ta journée ? Es-tu remise de tes émotions d'hier ? Tu sais ce que j'en pense... mais l'important, c'est que tu sois heureuse. ;)

Je t'écris de l'école parce que j'étais trop énervée pour attendre : je viens d'apprendre que j'allais participer à un tournoi de natation avec mon équipe à... (roulements de tambour) MONTRÉAL !! Je suis tellement contente ! Je t'annonce donc en grande primeur que je serai dans ta ville le week-end du 8 novembre ! YOUPI !!! Et j'ai déjà demandé la permission à mes parents pour Justin Bieber, alors si tu peux nous dénicher des billets, je pourrais aussi venir te voir en janvier ! Si tu viens à Noël, ça veut dire qu'on pourra se voir tous les mois d'ici février !

Je suis trop contente !
Lou xx

À : Marilou33@mail.com
De : Léa_jaime@mail.com
Date : Vendredi 11 septembre, 22 h 33
Objet : OOOOOOUUUUIIIIIIII !

Je suis tellement contente ! Sérieusement, je n'arrive pas à croire que tu vas venir à Montréal. J'ai TELLEMENT hâte, c'est fou ! Tu peux déjà prévenir ton entraîneur que tu dormiras chez moi, alors pas besoin de réserver d'hôtel pour toi. :) Je vais enfin avoir une amie. Lol ! Peut-être qu'avec un peu de chance, tu vas impressionner les entraîneurs montréalais et ils vont t'offrir une bourse pour que tu fasses de la compétition ici ! Tu pourrais fréquenter mon école et nous pourrions former une nouvelle gang !

J'ai eu une journée assez épuisante. Après mon cours d'anglais, le prof a demandé à moi et à Jeanne (la grande qui est l'une des amies de Maude) de venir le voir.

Le prof : *So,* Léa, j'ai demandé à *Jane* de t'aider pour la *English class*. Elle est tré bonne, alors je pense que c'est *good* pour toi.
Jeanne : Salut. On ne s'est jamais présentées officiellement. Moi, c'est Jeanne. Ça va me faire plaisir de t'aider.
Moi : Merci, c'est gentil.

Le prof : *Good. So, Jane,* peux-tu rencontrer Léa ce *week-end* pour faire le *homework ?*
Jeanne : Oui, c'est bon. Je vais m'arranger avec elle.

Le prof est parti et elle s'est tournée vers moi. Elle est vraiment jolie, mais elle a un drôle de style. Elle porte des pantalons larges et des t-shirts un peu rétro. Elle a les yeux verts comme moi, mais elle a teint ses cheveux en noir, ce qui les fait ressortir encore plus. Elle est super mince et elle me dépasse d'une tête. Rien pour me décomplexer.

Jeanne : Es-tu libre dimanche après-midi ? Tu pourrais venir chez moi pour qu'on fasse le travail ensemble. Ce n'est pas super compliqué. Il faut juste écrire un dialogue de deux pages.
Moi : J'ai de la misère à aligner deux mots en anglais, alors ça représente tout un défi pour moi !
Jeanne : Ha, ha ! Ne t'inquiète pas. Je vais te donner des trucs. Tu vas apprendre super vite.

Elle habite à Outremont. Je ne connais pas encore super bien Montréal, mais je sais que c'est un quartier très aisé. On est allé dîner là une fois. C'est vraiment beau. Je l'imaginais plus vivre sur le Plateau (le quartier des artistes à côté de chez nous), alors ça m'a plutôt étonnée. Je lui ai dit que je serais là vers 14 h. Et demain, je vais dans un party avec mon frère. Wow, j'ai presque l'impression d'avoir une vie sociale tout à coup !

À l'heure du déjeuner, j'ai raconté à Annie-Claude et Julie que Jeanne allait m'aider en anglais. Elles avaient l'air surprises. Julie m'a dit qu'elle ne la connaissait pas beaucoup, mais que cette gang-là était assez exclusive et invitait rarement les gens chez eux. Ça me rassure : au moins, Jeanne ne me prend pas pour la pire des rejets. Mais je me méfie tout de même d'elle et de son groupe. Après tout, je n'ai jamais fait partie des filles « populaires » de l'école, alors je ne vois pas pourquoi elle me prendrait sous son aile sans raison. Je te ferai un rapport détaillé à mon retour !
Léa xox

À : Marilou33@mail.com
De : Léa_jaime@mail.com
Date : Dimanche 13 septembre, 00 h 11
Objet : Ça va mal

Salut, Lou,
Je suis rentrée du party il y a environ quarante-cinq minutes. Mon frère est revenu avec moi. Mes parents m'avaient donné la permission de rentrer à minuit parce que j'étais avec Félix.

Le party avait lieu dans un grand appartement du Plateau. Les parents d'Édith, l'amie de mon frère, n'étaient pas là et elle avait invité une trentaine de personnes. Je n'étais jamais allée dans un party de secondaire 5, et encore moins dans un party en ville. J'avoue que c'est différent des nôtres. Personne ne dansait. Il y avait de la musique, mais les gens étaient divisés en petits groupes et buvaient, fumaient, riaient et s'embrassaient. Je me sentais vraiment bébé. Même si j'avais opté pour un look neutre avec un jeans et un t-shirt noir, je ne me sentais vraiment pas à ma place. Laurent, un gars dans la classe de mon frère, m'a offert un verre de vodka orange. C'est bon, mais c'est traître ! Après un verre, je sentais que mes joues devenaient toutes rouges et que je perdais peu à peu ma gêne !

J'ai croisé José près des toilettes.

José : Salut, Léa ! (Il se souvient de mon nom !) Je ne m'attendais pas à te voir ici.
Moi : Hey, salut ! Je suis venue avec mon frère. Il est en secondaire 5.
José : Comment s'appelle-t-il ?
Moi : Félix Olivier. Olivier, c'est notre nom de famille, pas son deuxième prénom. (Comme quoi l'alcool a le même effet sur moi que sur toi et m'entraîne à dire des niaiseries !)

José : Ah oui, le nom me dit quelque chose. (Comment mon frère peut-il déjà avoir une réputation de cool après quelques semaines, alors que moi, je suis complètement rejet ?)

Moi : Es-tu venu avec Maude ?
José : Nan. On s'est chicanés et j'avais envie de me changer les idées. Dis donc, t'es super belle ce soir.
Moi : Merci, c'est gentil. Moi, je me sens comme le vilain petit canard !

Il a éclaté de rire et il a posé sa main dans le creux de mon dos. Il avait les yeux pétillants. Il est tellement beau, Marilou, tu craquerais toi aussi. Comme Enrique Iglesias, mais en vingt fois plus *cute*[L] (et plus jeune !).

José : Tu ne devrais pas. Si j'étais célibataire, c'est sûr que je te draguerais.

Heureusement que la fille qui était dans les toilettes a choisi cet instant-là pour sortir, parce que j'avoue que je ne sais pas ce que j'aurais fait. J'étais toute rouge et j'avais les mains un peu moites. J'ai donc fui dans la salle de bains et je l'ai évité pendant le reste de la soirée.

Après l'épisode de José, je suis allée m'asseoir dans la cour et j'ai commencé à parler avec un ami d'Édith qui ne fréquente pas notre école. Il n'habite à Montréal que depuis l'année dernière, alors on avait des tonnes de choses à se dire. Le problème, c'est que j'ai remarqué qu'il enchaînait les bières à une vitesse hallucinante et que son discours devenait de moins en moins clair. De mon côté, les vapeurs de vodka se dissipaient peu à peu et je commençais à avoir sommeil. Je m'apprêtais à le quitter et à rejoindre mon frère quand il m'a tirée vers lui pour me faire danser, puis il s'est penché vers moi et il m'a embrassée ! Il m'a complètement prise au dépourvu. Je l'ai repoussé assez vivement.

Moi : Aye ! J'ai un chum !
Lui : Ah, s'cuse !

Quel con ! Pour qui il se prend, lui ??? Comment a-t-il pu croire que j'avais envie qu'il m'embrasse ? Tu avais peut-être raison, Lou. Les gars sont tous aussi poches les uns que les autres ! Après l'incident du gars trop saoul, je suis allée voir mon frère pour lui dire que je voulais rentrer. Il a remarqué que j'avais l'air ébranlée.

Félix : Qu'est-ce qui se passe ?
Moi : Rien. Un gars saoul a essayé de m'embrasser, j'ai mal à la tête et je veux rentrer. Reste si tu veux. Je prendrai un taxi et je ne dirai rien aux parents.
Félix : Nan. Je vais rentrer avec toi. J'en ai assez d'être ici.

Il est allé dire au revoir à l'une de ses innombrables conquêtes et nous sommes partis. J'ai vu José en sortant, mais j'ai détourné la tête pour éviter son regard. Je n'avais aucune envie de me retrouver coincée entre lui et Maude. Ça fait à peine deux semaines que j'ai commencé l'école, alors je ne crois pas que ce serait intelligent de me mettre la fille la plus populaire de mon niveau à dos !

Je sais que ce n'est pas ma faute, mais je me sens un peu coupable pour ce qui s'est passé ce soir. J'ai fait toute une scène à Thomas parce qu'il a embrassé une fille dans le cadre d'un jeu, et moi, je me laisse (ça m'a quand même pris trois secondes avant de réagir) embrasser par un gars que je ne connais même pas ! Ne t'en fais pas, je ne compte pas lui en parler. Ça va déjà assez mal comme ça. Mais je me sens toute remuée quand même. :(
Je vais me coucher pour mettre cette journée derrière moi le plus rapidement possible ! Bonne nuit, tu me manques !
Léa xox

Le Blog de Manu

Inscris un titre : Pourquoi est-ce si compliqué ?

> **Écris ton problème :** Salut, Manu ! Ce soir, je suis allée dans une fête et un gars a essayé de m'embrasser. Je l'ai repoussé, mais il a quand même eu le temps de poser ses lèvres sur les miennes. Le problème, c'est que j'ai un chum et que je me sens coupable. Je sais que ce n'est pas de ma faute, mais je me sens tout à l'envers quand même. Comme je te racontais la semaine dernière dans l'un de mes récits de drame quotidien, mon chum m'a « trompée » il y a une semaine, mais je te jure que je ne cherchais pas à me venger !
> J'aimerais pouvoir en parler un peu plus à ma *best*, mais elle déteste mon chum et je sais que son opinion ne sera pas objective. En plus, je ne veux pas trop lui casser les oreilles avec mes problèmes d'amour parce qu'en ce moment, elle donnerait n'importe quoi pour avoir un chum. Je me sens tellement seule. :(
> Léa

Manu répond à deux questions par semaine. Tu seras peut-être choisie...

Chapitre 4
Yes, no, toaster

À : Léa_jaime@mail.com
De : Marilou33@mail.com
Date : Dimanche 13 septembre, 13 h
Objet : Dimanche de cafard

Je n'aime pas les dimanches. De un, ils nous rappellent que l'école recommence le lendemain, de deux, il fait rarement beau et de trois, c'est la journée que j'avais l'habitude de passer avec toi. :(

La piscine est fermée, mes parents sont allés faire les courses avec mon frère et je n'ai vraiment pas le goût de faire mes devoirs, ni de parler à qui que ce soit. Hier soir, je suis allée au parc avec Steph. Je ne la vois presque plus depuis qu'elle sort avec Seb parce qu'elle passe tout son temps avec lui. Laurie est venue nous rejoindre, et Seb, Thomas et JP sont évidemment apparus quelques minutes plus tard. J'étais un peu fâchée. Est-ce que je peux passer une soirée seule avec mes amies sans que leurs chums soient là ? (Laurie ne sort pas officiellement avec JP, mais Steph pense qu'il va le lui demander bientôt.) Ils se sont assis devant nous et j'ai tout de suite senti un changement d'attitude de la part de Steph. Elle fait sa cool quand les gars sont là, je te jure ! Je ne t'ai jamais vue agir comme ça avec Thomas. Ils m'énervaient tellement que j'ai décidé de rentrer chez moi, et là, tu me manques plus que jamais. :'(

Es-tu chez Jeanne ? Tu me raconteras les détails !
Lou xox

À : Thomasrapa@mail.com
De : Léa_jaime@mail.com
Date : Lundi 14 septembre, 17 h 22
Objet : J'ai hâte de te voir

Coucou, :)
Je voulais t'écrire un petit mot pour te dire que je viens de parler à mes parents et qu'ils ont accepté que je rate le vendredi après-midi d'école avant l'Action de grâce pour pouvoir prendre l'autobus de 13 h ! J'arriverai donc le 9 octobre vers 18 h en ville et je pourrai passer une soirée de plus avec toi et Marilou !

Je pense que ça va lui faire du bien que je vienne faire un tour. Il paraît que tes amis passent tout leur temps avec les miennes et qu'elle se sent seule. Toi, est-ce que tu te sens seul ? Ça ne doit pas être évident maintenant que tes amis ont une blonde... ou peut-être que tu t'ennuies encore plus de moi ? :) En tout cas, on pourra en profiter quand je serai là pour faire des activités tout le monde ensemble. Je sais que Marilou et toi n'êtes pas les meilleurs amis du monde, mais je vous aime tous les deux et je veux passer autant de temps avec toi qu'avec elle, alors il va falloir vous habituer. Évidemment, je veux aussi passer du temps seule avec toi. :)

Écris-moi. (C'est un ordre ! Lol !)
Léa xox

À : Marilou33@mail.com
De : Léa_jaime@mail.com
Date : Lundi 14 septembre, 18 h 05
Objet : Jeanne

Je m'excuse de ne pas t'avoir écrit hier malgré ton mail de détresse, mais je suis rentrée de chez Jeanne juste à temps pour le dîner et j'avais des tonnes de devoirs à faire.

Je pense que tu devrais en parler à Steph pour lui dire que tu as aussi besoin de la voir toute seule. En ce moment, elle a la tête dans les nuages parce qu'elle commence à peine à sortir avec Seb et ne doit même pas se rendre compte que ça te fait de la peine. En tout cas, je me suis assurée que tu n'aies pas les mêmes frustrations avec moi et j'ai déjà prévenu Thomas que j'allais passer beaucoup de temps avec toi lorsque j'allais venir vous voir. :)

Hier, je suis arrivée chez Jeanne un peu après 14 h. Elle habite dans une grande maison de briques rouges entourée de colonnes blanches et d'un immense balcon. C'est le genre d'endroit où je rêve d'habiter ! Il y a trois étages et un solarium à l'arrière qui donne sur la cour. On s'y est installées avec une carafe de jus pour commencer notre travail. J'avoue que j'étais nerveuse et que je ne savais vraiment pas à quoi m'attendre de notre rencontre. Même si elle est gentille avec moi, je ne crois pas que je sois son « genre » d'amie.

Elle s'est mise à me poser toutes sortes de questions sur ma vie, sur mon déménagement, sur Thomas et sur mon adaptation ici, et j'avoue que j'ai été surprise par sa gentillesse. Je me sentais super à l'aise de lui raconter ma vie. Je lui ai même parlé du party de vendredi, et elle a eu l'air particulièrement étonnée d'apprendre que José était là.

Elle : Je n'en reviens pas qu'il soit allé au party. Il était censé passer la soirée avec Maude, mais comme d'habitude, ils se sont chicanés et Maude est rentrée chez elle. Elle ne sera pas contente de l'apprendre.
Moi : Ils se chicanent beaucoup ?
Elle : Ouais, et honnêtement, ça m'énerve. Je suis un peu tannée d'endurer leurs 1001 drames et de me taper leurs réconciliations. Je trouve que les gars, c'est trop compliqué. Ça ne m'intéresse pas vraiment d'avoir un chum.
Moi : Ah non ?
Elle : Non. L'an passé, toutes mes amies avaient des chums et je sentais la pression peser sur moi. J'ai commencé à sortir avec Karl, un ami de José, mais ça ne cliquait pas entre nous. C'était un peu forcé, juste pour qu'on soit en couple, nous aussi. En réalité, j'étais un peu complexée parce que je réalisais que je n'étais pas au même stade que mes amies. Mais c'est comme ça, l'amour, c'est trop compliqué.

J'avoue que j'ai été impressionnée par son honnêteté et sa maturité. Je me sens comme une petite fille à côté d'elle. On dirait que ça remet tous mes problèmes avec Thomas en perspective. Je me complique peut-être la vie pour rien ? Nous avons ensuite fait notre travail. Je l'ai composé en français et elle l'a traduit en anglais en m'expliquant les règles et en me montrant certaines expressions.

Moi : C'est fou comme je me sens nulle en anglais. Là d'où je viens, les seuls qui ne parlent pas français sont des touristes.
Elle : Ouais, ici, c'est tellement dans notre environnement qu'on est forcés à l'apprendre plus jeune. Mes parents m'ont envoyée dans des camps anglophones pendant toute mon enfance, alors ça aide aussi.
Moi : Je ne sais pas comment rattraper quatorze ans d'anglais en un semestre. J'avoue que ça me fait paniquer un peu.
Elle : Je pense que ça aiderait si tu regardais des émissions et des séries télé en anglais. Et si tu as envie, on pourrait se rencontrer une heure par semaine pour converser juste en anglais. Ça a l'air un peu niaiseux, mais on s'améliore à force de pratiquer !

J'ai accepté son offre et je suis partie de chez elle avec deux coffrets de séries américaines en DVD pour « pratiquer mon oreille ». Avec les sous-titres, ça m'aide à comprendre les expressions. Voilà le long résumé de ma journée chez elle. Je l'ai trouvée super gentille. Ce matin, elle m'a même saluée lorsque je suis entrée dans la classe ! Elle était en grande conversation avec Maude. J'imagine qu'elle lui racontait l'histoire du party. Une chance que je ne lui ai pas dit que José m'avait draguée, parce que ça aurait signé mon arrêt de mort !

Je dois aller aider ma mère à préparer le dîner. Elle a acheté assez de légumes au marché Jean-Talon (un immense marché pas très loin de chez nous) pour nourrir une armée et elle veut que je l'aide à cuisiner une ratatouille. (?!?)

J'espère que ton moral va mieux, ma belle. Je pense à toi très fort et je m'ennuie encore plus que tu le crois ! Et ne va pas imaginer que tu es toute seule : je suis toujours là, moi. :)
Léa xox

À : Léa_jaime@mail.com
De : Thomasrapa@mail.com
Date : Mercredi 16 septembre, 07 h 22
Objet : Re : J'ai hâte de te voir

Ma mère m'a dit que tu avais appelé quand je suis rentré du garage hier soir. C'est cool que tu arrives le vendredi. J'essaierai de prendre congé au garage.

Ouais, les gars tournent pas mal autour de Steph et de Laurie, mais je m'en fous un peu. Je suis très occupé avec le travail et l'école, et tu sais que je ne me mêle pas de la vie des autres.

Je sais que tu veux passer du temps avec Marilou, mais je sens qu'elle me déteste encore plus qu'avant. Elle se trouve toujours des prétextes pour partir dès que je me joins à sa gang. Je sais que tu lui racontes toute notre vie et que tu dois lui dire tes frustrations, alors ça n'aide pas vraiment les choses. Mais c'est normal parce que Marilou, c'est ton amie, pas la mienne. On pourra organiser des trucs de groupe, mais ne pense pas non plus que je vais passer mes journées à faire du magasinage ou à vous mettre du vernis à ongles. ;)

J'ai vu Sarah hier, avant d'aller travailler, parce que j'ai un test de maths demain et je veux être sûr de passer. Ça me stresse vraiment. J'espère que je peux te conter ça sans que tu paniques. Je sais que j'ai été con, mais tu ne peux pas non plus contrôler ce que je fais tout le temps. Ce que je veux dire, c'est que j'aimerais ça que tu me fasses confiance. Genre comme avant, OK ?
Thomas

Mercredi 16 septembre

12 h 03

Léa (en ligne): Salut ! J'espérais justement que tu sois en ligne. Tu es rentré déjeuner à la maison ?

12 h 04

Thomas (en ligne): Oui. Je devais venir chercher mon cahier de maths. Je ne comprends rien et ça me stresse vraiment...

12 h 06

Léa (en ligne): Ce n'est pas facile de comprendre une matière qu'on n'aime pas. Et Sarah est là pour t'aider. Je le dis sans arrière-pensée, parce que je veux vraiment que tu réussisses... et que tu saches que j'ai confiance en toi. :)

12 h 09

Thomas (en ligne): OK, cool. Merci, Léa. C'est ça que j'ai besoin d'entendre. Toi, où es-tu ?

12 h 11

Léa (en ligne): Dans le local d'informatique. Je voulais te parler avant le déjeuner. Mais c'est ça, j'ai tout dit...

12 h 13

Thomas (en ligne): OK. Ben faut que je file, j'ai du rattrapage à faire, et je travaille après l'école. Je t'embrasse, *bye* !

À : Marilou33@mail.com
De : Léa_jaime@mail.com
Date : Mercredi 16 septembre, 19 h 59
Objet : Bof

Salut !
Comment vas-tu ? En tout cas, tu avais l'air de meilleure humeur hier au téléphone. :) C'est sûrement parce que tu es contente que ta meilleure amie vienne bientôt te voir. ;)

Moi, ça va un peu bof. Ce matin, j'ai reçu un mail de Thomas qui me demandait de lui faire confiance et d'arrêter de douter de lui. Je sais qu'il a raison, mais j'ai vraiment du mal à me contrôler, surtout après tout ce qui est arrivé. Comme je ne tolère pas qu'il soit fâché contre moi, on a discuté un peu sur Internet ce midi, et j'ai même fait semblant d'apprécier tout le travail de Sarah pour qu'il passe son maudit cours de maths. Il ne peut pas demander de l'aide au prof ou à sa mère comme tout le monde ? Je sais que ce n'est pas super gentil de ma part, mais c'est comme chimique entre Sarah et moi : ça ne clique pas du tout, et même le fait d'avoir prétendu de la trouver un peu sympathique me donne mal au cœur ! Lol !

Au moins, les choses ne vont pas si mal à l'école. Hier, j'ai eu une deuxième rencontre avec le comité du journal. Après avoir longuement réfléchi, Éric-le-sérieux a finalement accepté de me faire rédiger un premier article sur mon adaptation dans une nouvelle ville et dans une nouvelle école. Je dois le remettre dans deux semaines pour le numéro qui paraîtra avant l'Action de grâce. Je suis vraiment énervée et j'ai déjà commencé à rédiger un brouillon ! Lorsqu'il sera prêt, je vais te l'envoyer pour que tu me donnes ton avis, OK ?

Après l'école, Maude est venue me voir à mon casier.

Elle : Salut Léa. Est-ce que je peux te parler ?
Moi : Salut ! Oui, pas de problème... (Ma voix tremblait légèrement. Ne ris pas ! Tu sais que j'ai toujours été un peu intimidée par les gens populaires.)
Elle : Jeanne m'a dit que tu lui avais raconté que tu avais vu José au party d'Édith. Est-ce qu'il était avec une fille ? As-tu remarqué quelque chose de suspect ?

(Oui, il était louche avec moi et draguait tout ce qui bougeait !)

Moi : Non, je lui ai seulement parlé deux minutes, mais sans plus. Je suis partie assez tôt et je ne l'ai vu avec aucune autre fille.

(Note à moi-même : éviter de m'immiscer dans la relation du couple le plus populaire de mon niveau, alors que je suis encore au stade de rejet.)

Ma réponse a eu l'air de la satisfaire. Elle a souri, puis m'a observée de la tête aux pieds.

Elle : Jeanne m'a aussi dit que tu étais vraiment cool. Si ça te tente, on pourrait t'emmener magasiner un jour. Ça te ferait du bien, un changement de style.
Moi : ... Euh... OK...

Je ne savais pas trop quoi répondre à ça. D'un côté, j'étais contente qu'elle m'invite à me joindre à elle et à ses amies et je réalise que cette occasion peut me propulser vers le sommet de l'échelle sociale de mon école, mais d'un autre côté, j'étais un peu insultée qu'elle me dise de changer de style. Qu'y a-t-il de mal avec *mon* style ? Il est plus classique et moins sexy que le sien, mais ce n'est pas une raison pour me suggérer une métamorphose !!

Elle m'a encore souri, puis elle a tourné les talons et est allée rejoindre Sophie (la petite rousse qui porte toujours des talons hauts) et Lydia (qui est élancée et basanée de nature. Je me sens comme une naine obèse à côté d'elle). Ce groupe-là ne m'inspire pas confiance. C'est le genre de cercle fermé que tout le monde envie et abhorre en même temps. Mais je m'entends très bien avec Jeanne, alors je n'ai pas le choix d'avoir des rapports courtois avec ses amies. Surtout quand on sait que c'est le genre de filles qui ont beaucoup de pouvoir et qui peuvent anéantir ta réputation en un clin d'œil ! Je dois revoir Jeanne demain après l'école pour notre premier cours de conversation en anglais. Ça promet ! *Yes, no, toaster !*
Léa xox

À : Léa_jaime@mail.com
De : Marilou33@mail.com
Date : Vendredi 18 septembre, 21 h 56
Objet : Vendrediiiiiiiii !

YÉ ! Une autre semaine de passée ! Je viens de rentrer du cinéma. J'étais censée y aller avec Laurie et Steph, mais devine ce qui est arrivé ? JP et Seb se sont invités à la dernière minute. Je me sentais comme la cinquième roue du carrosse. Lol ! Même si je ne suis pas une grande admiratrice de Thomas, j'aurais préféré qu'il soit là pour me tenir compagnie. Là, c'était juste désagréable. Avant que le film commence, j'ai demandé où était ton chum. JP m'a dit qu'il travaillait au garage tout le week-end. Bref, pas besoin de t'imaginer des scènes d'amour avec Sarah ! De toute façon, je l'ai vue aujourd'hui avec Jonathan et ils avaient l'air super amoureux, alors ce ne devait être qu'une rumeur.

Je suis rentrée juste après le film et je voulais t'écrire un petit mot avant de m'installer devant la télé (eh oui, un autre film ! Je suis en train de devenir une patate comme toi ! Lol !) Ils passent *La guerre des mariées* à la télé. Joie !
Bonne nuit !
Marilou xx

À : Marilou33@mail.com
De : Léa_jaime@mail.com
Date : Dimanche 20 septembre, 13 h 11
Objet : Zzzz

C'est plaaaaaaaate ! Je m'ennuie. :(Ça fait deux jours que je suis enfermée chez moi à rien faire. Jeudi après l'école, je suis allée au Presse Café avec Jeanne et on a parlé pendant une heure en anglais. Au début, j'étais super gênée et je bredouillais beaucoup, mais elle ne s'est jamais moquée de moi. Elle corrigeait mes erreurs avec tellement de délicatesse que j'ai pris de plus en plus d'assurance. Ça ne me dérangeait même plus de faire des fautes ! C'était vraiment cool, mais elle a dû partir tout de suite après pour son entraînement de tennis.

Notre conversation m'a motivée et j'ai passé presque tout le week-end à regarder ses DVD (avec sous-titres). Ce matin, mon père est venu me voir dans ma chambre. Je pense qu'il craignait que je me soude à mon lit et que je devienne officiellement une larve. (Tu n'es pas mal avec tes deux films d'affilée, mais tu as encore du chemin à faire pour me rattraper !)
Mon père : Ça va, Léa ? On ne t'a pas beaucoup vu le bout du nez ce week-end. Qu'est-ce que tu regardes ?
Moi : Une série que m'a prêtée une fille de l'école pour que j'améliore mon anglais. C'est comme un devoir, dans le fond, alors ce n'est pas si pire.

Mon père : Mouais... Il fait beau dehors. Je crois que ça te ferait du bien de venir marcher un peu avec ton vieux père. On pourrait aller se promener dans le grand parc Jarry. Qu'est-ce que tu en dis ?

Je n'ai pas osé refuser son offre. Après tout, je ne parle pas beaucoup avec mes parents depuis mon arrivée à Montréal. Je sais qu'ils se font du souci pour moi, mais je n'ai pas envie de leur confier mes secrets, ni de leur dire comment je me sens. Je pense que je leur en veux encore un peu de m'avoir forcée à déménager ici. En plus, je n'ai vraiment pas envie qu'ils me cassent les oreilles avec les désavantages des relations à distance ou qu'ils me sermonnent sur le fait que je suis trop jeune pour être dans une relation sérieuse. J'ai quatorze ans maintenant, alors je ne suis plus un bébé !

Au moins, je n'ai plus à endurer leurs discours sur la contraception et sur l'importance d'être prête. Thomas est tellement loin que ça ne risque pas de se produire ! Je sens qu'ils ne me font pas confiance, et ça m'enrage. Tu sais que même si Thomas semblait vouloir aller plus loin avant que je parte, je n'étais vraiment pas prête à faire l'amour avec lui. Tu dis que tu es moins déniaisée que moi, mais en fait, nous sommes pas mal à égalité ! La seule différence, c'est que je lui ai permis de toucher ma poitrine (et tu sais à quel point je me sentais à l'envers par la suite, alors pas besoin de me répéter que je ne suis pas prête à aller plus loin !!).

Tout ça pour te dire que je dois aller me préparer pour faire une randonnée dans le parc avec mon père. J'allais proposer à Félix de se joindre à nous, mais mère m'a dit qu'il était sorti avec « une amie ». Ne désespère pas, je persiste à croire qu'un jour (quand il sera plus sérieux et moins niaiseux), vous finirez ensemble. ;)
A+ !
Léa xox

P.-S. : C'est vraiment poche de la part de Steph et Laurie, mais je réitère que tu devrais leur en parler pour leur dire que ça t'énerve que les gars collent tout le temps. Et si tu veux emprunter Thomas comme bouche-trou, je n'ai aucun problème ! J'aime mieux qu'il soit avec toi qu'entre les griffes de Sarah-la-sorcière ! Mouahaha !

À : Thomasrapa@mail.com
De : Léa_jaime@mail.com
Date : Dimanche 20 septembre, 21 h 11
Objet : Tu me manques

Salut toi,
Je suis allée me balader avec mon père aujourd'hui et on a beaucoup parlé de mon adaptation. Ça m'a vraiment fait du bien d'en discuter avec lui. Il m'a dit que c'était normal de me sentir désorientée au début, surtout si j'avais laissé une partie de mon cœur derrière moi.

Je ne sais pas ce qui m'a prise, mais j'ai eu les larmes aux yeux quand il m'a dit ça. Ce doit être parce que tu me manques.

Et toi ? Comment s'est déroulé ton week-end ? Il paraît que tu as beaucoup travaillé au garage. (C'est Marilou qui me l'a dit, alors ne va pas t'imaginer que je t'espionne. ;)) Je ne veux pas que tu te fâches, mais j'aimerais ça que tu me donnes plus de nouvelles. On ne se parle qu'une ou deux fois par semaine, et tu ne me dis jamais comment tu te sens. Es-tu content que je vienne ? Aimes-tu ton travail ? Je sais que tu as de la difficulté à t'ouvrir, mais avec la distance, j'ai l'impression de te perdre peu à peu, et ça me rend triste.

Je dois aller préparer mon déjeuner et travailler à un article que j'écris pour le journal étudiant, car c'est déjà lundi demain. :(

Je pense à toi très fort et je t'aime !
Léa

Le Blog de Manu

Inscris un titre : Dimanche de cafard

Écris ton problème : Bonsoir, Manu. Je t'écris aujourd'hui parce que je ressens des choses que je n'oserais avouer à personne d'autre. Si tu lis mes messages, tu connais déjà un peu mon histoire : je viens de déménager, mon chum est loin, mon amie se sent seule et n'aime pas mon chum, je suis rejet, etc.

Aujourd'hui, en parlant à mon père, j'ai réalisé que je ne reviendrai pas en arrière et que le déménagement est définitif. On dirait que depuis qu'ils me l'ont annoncé en avril dernier, je cultivais l'espoir de les convaincre de ne pas partir ou alors de retourner vivre dans notre ancienne maison, mais je me rends compte que ça n'arrivera jamais. Honnêtement, je commence aussi à avoir peur que mon couple ne tienne pas le coup. J'aime tellement Thomas, mais il est absent depuis quelques semaines : il ne se confie plus à moi, il ne me dit plus autant qu'il m'aime et c'est à peine s'il me donne signe de vie. Une chance que je vais le voir bientôt... Ça m'aidera à en avoir le cœur net.

Voilà, je voulais simplement me vider le cœur et je sens que je ne suis pas capable de le faire ailleurs qu'ici. Tu es un peu comme mon journal intime, Manu, et même si tu ne me réponds pas, je sens que tu m'écoutes. :)
Léa

Manu répond à deux questions par semaine. Tu seras peut-être choisie...

À : Léa_jaime@mail.com
De : Marilou33@mail.com
Date : Jeudi 24 septembre, 15 h 25
Objet : La Terre appelle Léa !

La Terre appelle Léa ! La Terre appelle Léa ! Ta *best* Marilou cherche à te joindre depuis lundi ! J'ai écouté ton message sur mon répondeur hier. Tu n'avais pas l'air d'aller. Que se passe-t-il ? Les filles cool de ton école te font la vie dure ? Tes notes d'anglais ne s'améliorent pas ? Ça ne va pas avec Thomas ? Je ne sais pas pourquoi (hum, hum !), mais mon petit doigt me dit que c'est justement lui, le problème.

Je sais que tu n'oseras peut-être pas me demander des nouvelles parce que tu ne veux pas m'embêter avec ça, mais je n'aime pas te voir aussi bouleversée, alors je prends les devants. ;) Je l'ai croisé à quelques reprises dans les couloirs cette semaine, mais je n'ai rien à signaler, si ce n'est que je l'ai vu assis à une table avec ses livres de maths et Sarah Beaupré. Ils avaient l'air d'être dans une grande conversation, mais je n'ai vu aucun contact physique ! De toute façon, toute l'école parle du couple Jonathan-Sarah, alors je ne crois pas que tu aies à t'inquiéter à propos d'elle.

Écris-moi ce soir, OK ? Je commence vraiment à m'inquiéter !
Lou xox

À : Marilou33@mail.com
De : Léa_jaime@mail.com
Date : Jeudi 24 septembre, 22 h 10
Objet : Je suis vivante

Excuse-moi, Lou. Non seulement j'ai été super occupée avec mes devoirs, mes examens et mes travaux, mais j'ai eu deux rencontres avec l'équipe du journal, une session intensive de conversation avec Jeanne et deux bonnes engueulades avec mon frère. Il m'énerve tellement avec son air suffisant. Il a juste à battre des cils pour que mes parents lui donnent tout ce qu'il veut. Pourquoi le monde entier succombe-t-il à son charme ? Même toi, tu t'es laissé ensorceler ! Je ne comprends pas ce que vous lui trouvez de si irrésistible !

Avec Jeanne, ça avance plutôt bien et je commence à comprendre de plus en plus ce que raconte le prof dans la classe, mais je ne suis pas encore capable de faire mes devoirs sans son aide. Je me sens mal de lui demander de m'aider tous les deux jours, dès qu'on a une composition à faire, mais elle m'a dit que ça ne la dérangeait vraiment pas et que je lui permettais d'accumuler des crédits d'activités parascolaires.

Moi : C'est quoi ça ?
Elle : D'ici la fin du secondaire, nous devons accumuler quinze crédits par des activités et du bénévolat que l'on fait à l'extérieur de l'école. Tu n'as donc pas à t'en faire avec moi, parce que tu m'es super utile, toi aussi !

Elle m'a souri et m'a donné un coup de coude amical pour que je comprenne que c'était une blague. Elle m'a ensuite raconté (en anglais, *yes, ma'am*) qu'elle jouait au tennis depuis l'âge de cinq ans et qu'elle faisait aussi du violon. Je n'en revenais pas ! Je te jure que si tu la voyais, tu ne t'imaginerais jamais que c'est le genre de fille à jouer du violon, à avoir de bonnes notes à l'école et à passer ses vendredis soir sur un terrain de tennis ! Après notre heure de conversation, je lui ai proposé d'aller prendre un café et de poursuivre notre discussion en français.

Moi : Et les autres filles, tu les connais depuis longtemps ?
Elle : J'allais au primaire avec Maude, Sophie et Marianne. Marianne est partie vivre à Vancouver pendant deux ans et elle vient juste de revenir. Les

autres, je les ai connues en secondaire 1. Je sais qu'elles ont l'air un peu difficile d'approche, mais le mieux à faire, c'est de ne pas te laisser intimider.

C'est bon à savoir. La prochaine fois que j'aurai affaire à José, j'essaierai de lui tenir tête sans tomber dans la vodka ! Lol !

Je n'ai toujours pas réussi à trouver des billets pour Justin Bieber. :(Ils se sont envolés en quelques secondes, mais mes parents m'ont promis de s'informer auprès de leurs collègues et amis pour essayer de m'en procurer.

Merci de me donner des nouvelles de Thomas. J'ai eu droit à un mail de quatre lignes cette semaine :

« Salut, Léa. Désolé, je sais que je ne t'écris pas beaucoup ces temps-ci, mais je suis vraiment débordé. Mon oncle me montre tout plein de trucs cool au garage et je dois faire mes preuves. Je dois y aller, mais je pense à toi !
Thomas xx »

Au cours de ce week-end, j'étais super triste de sentir qu'il s'éloignait de moi et de penser que j'étais en train de le perdre. J'en ai même parlé à Manu ! Lol ! Mais là, je commence à ressentir de la colère. Il me semble que ce n'est pas trop demandé de donner signe de vie à ta blonde et de lui faire sentir que tu tiens à elle !! Je sais que je ne devrais pas, mais je me demande quand même ce qu'il raconte à Sarah. Peut-être qu'il ne sait pas comment m'exprimer ses sentiments et qu'il a plus de facilité avec elle parce qu'elle est plus mature que moi. Je me sens vraiment comme un bébé en ce moment.

Sur ce, je vais essayer de finir le premier jet de mon article pour te l'envoyer ce week-end. Tu sais que ton avis compte beaucoup pour moi !

Tu me manques et j'ai très, très hâte de te voir !
Léa xox

À : Léa_jaime@mail.com
De : Marilou33@mail.com
Date : Vendredi 25 septembre, 11 h 36
Objet : Un peu de motivation

Salut !
J'ai un entraînement de natation dans trente minutes, et comme je n'ai aucune envie de déjeuner avec les 2 petits couples, j'ai décidé de m'enfermer dans le local d'informatique avec les *nerds* pour te répondre ! Tu vois, j'ai des moments pathétiques, moi aussi ! Lol !

Ma belle et douce amie Léa, je n'irai pas par quatre chemins : je lis ton mail (la fin surtout), et je ne te reconnais pas. Pourquoi laisses-tu Thomas t'affecter comme ça ? Réalises-tu à quel point tu te remets en question depuis que tu es avec lui ? Si je te dis tout ça, ce n'est pas parce que je crois que tu mérites mieux (même si c'est vrai :S), mais parce que je refuse de voir ma meilleure amie s'enfoncer sans réagir. Tu n'es pas un bébé et tu n'as pas à douter de toi à cause d'une nunuche de secondaire 4. Si Thomas réalisait la chance qu'il a d'être avec une fille comme toi au lieu de te tenir pour acquise, il arrêterait de se comporter en idiot et il te traiterait comme une princesse. Je suis prête à te soutenir si tu décides de rester avec lui, mais je ne peux pas tolérer de te voir dans cet état-là.

Réalises-tu que même si c'est lui qui t'a trompée et qui te traite comme une moins que rien depuis ton départ, c'est toujours toi qui fais les premiers pas, qui t'excuses et qui lui laisses des chances ? Il profite de toi et ça m'enrage ! Je l'ai croisé tantôt dans les escaliers et je n'ai pas pu m'empêcher de le traiter de con !

Ne m'en veux pas si je m'emporte comme ça. Tu connais mon caractère de Bélier. Je crois que tu es un peu aveuglée par votre histoire et que tu ne réalises pas ce que tu vaux. C'est déjà très difficile pour toi d'être déracinée et de recommencer à zéro à quatorze ans sans devoir porter le poids de Thomas sur tes épaules. J'ai toujours été honnête avec toi, et je crois que c'est mon devoir de te dire que tu es géniale, Léa, et qu'il ne faut pas laisser un gars t'atteindre de cette façon !

C'était mon petit discours motivateur de la journée ! Lol. Qu'est-ce que tu as prévu de faire ce week-end ? Ma mère m'a proposé d'aller à Québec samedi, et je crois bien que je vais accepter. Ça va me faire du bien de m'éloigner de notre village, des couples et des grands niaiseux qui se croient tout permis. (Hum, hum ! Non, non, je ne parle pas de Thomas !!)

Les *nerds* se battent pour mon ordi et il faut que je file à mon entraînement...
Bisous,
Lou xox

À : Thomasrapa@mail.com
De : Léa_jaime@mail.com
Date : Vendredi 25 septembre, 19 h 20
Objet : J'attends

Hum !... J'attends que tu me rappelles depuis 17 h ! Est-ce que ça prend vraiment deux heures pour laver la vaisselle ? Je me suis dit que tu m'avais peut-être oubliée, alors j'ai réessayé il y a trente minutes, mais ta mère était sur l'autre ligne.

À : Léa_jaime@mail.com
De : Thomasrapa@mail.com
Date : Vendredi 25 septembre, 19 h 42
Objet : Re : J'attends

Je m'excuse. Après la vaisselle, j'ai dû aider ma mère à réparer des trucs dans la maison. Ensuite, elle s'est

mise à parler au téléphone avec son nouveau chum et ils se chicanent depuis une heure. Je m'en vais faire un tour au parc pour rejoindre JP. Je t'écris avant de me coucher.
Thomas

À : Marilou33@mail.com
De : Léa_jaime@mail.com
Date : Samedi 26 septembre, 08 h 17
Objet : Tu as raison

J'ai relu ton mail environ trente-six fois parce que je pense que mon cerveau (ou mon cœur) ne voulait pas enregistrer ce que tu me disais... mais après une nuit blanche à y réfléchir, je pense que tu as raison.
Hier soir, j'ai appelé Thomas. Je pense que je voulais me prouver que tu avais tort et que c'était vraiment un concours de circonstances qui nous avait éloignés depuis un mois. Mais il était occupé et il ne m'a jamais rappelée. Il m'a écrit rapidement vers 20 h pour me dire qu'il sortait et qu'il me donnerait des nouvelles en rentrant. Je me sens vraiment idiote, parce que j'ai vérifié mes mails toutes les cinq minutes jusqu'à 2 h du matin en espérant qu'il m'écrive jusqu'à ce que je réalise que ça n'arriverait pas. Je sais qu'il ne tient pas ses promesses et qu'il n'a pas l'air de tenir à moi plus qu'il ne faut, mais c'est vraiment dur de l'admettre et de l'accepter.

Ne t'en fais pas, Lou. Je ne suis pas fâchée contre toi. Je pense que si j'étais à ta place, j'aurais fait la même chose. Je t'aurais dit de faire attention parce que ce gars-là ne prend pas assez soin de toi. C'est juste tellement difficile de m'avouer qu'il ne m'aime pas autant que je l'aime et qu'il n'est peut-être pas fait pour moi. Je me rattache à lui comme à une bouée de sauvetage. Il représente mon passé, mon village et mon ancienne vie, et je ne sais pas si je suis assez forte pour couper le lien et voler de mes propres ailes. Je ne sais pas si tu comprends... Il est un peu comme ma racine. Je me sens tellement seule, Lou. C'est encore pire de m'imaginer sans lui.

Je serai là dans moins de deux semaines, alors ça ne sert à rien de précipiter les choses. Je verrai de mes propres yeux lorsque je viendrai vous voir.
Léa xox

À : Léa_jaime@mail.com
De : Marilou33@mail.com
Date : Samedi 26 septembre, 10 h 04
Objet : *BFF*

Je te comprends tellement. Je sais que je ne suis pas à ta place, mais je peux m'imaginer que partir d'ici, tout abandonner et repartir à zéro en secondaire 3 dans une autre école et dans une grande ville, ce doit être terrifiant. Je sais aussi que Thomas te fait sentir moins seule, mais je pense sincèrement que s'il est ta racine, elle est en train de pourrir et qu'elle t'empêche d'avancer.

Prends ton temps, Léa. Comme tu dis, tu arrives bientôt et tu pourras voir de tes propres yeux si vous vous aimez encore et si tu veux rester avec lui ou casser une fois pour toutes. Mais quoi qu'il arrive, dis-toi que tu n'es pas seule. Je suis là, moi ! Je serai ta racine, si tu veux ! Et j'empêcherai toutes les vilaines bestioles de s'approcher de toi et de te faire du mal ! C'est à ça que ça sert, les *BFF*. :)
Lou xox

À : Marilou33@mail.com
De : Léa_jaime@mail.com
Date : Samedi 26 septembre, 18 h 19
Objet : Article
1 pièce jointe : 1er article pour le journal étudiant

Merci de m'offrir de chasser les bestioles ! Lol ! Tu m'as fait rire, et ça m'a fait beaucoup de bien ! Malgré la fatigue, j'ai réussi à terminer mon article pour le journal. Je te l'envoie en pièce jointe. Tu me diras ce que tu en penses, OK ?
Mes parents ont vu que j'avais les yeux bouffis et cernés, et je pense qu'ils sentent que ça ne va pas

très bien avec Thomas. Ma mère a frappé à ma porte aujourd'hui. Elle avait l'air un peu mal à l'aise :

Elle : Chérie, je peux te déranger 2 minutes ?
Moi : Oui, mais pas longtemps. Je veux finir mon article.
Elle : Ça va ? Tu n'as pas l'air de filer.
Moi : Ouais, ça va. (Silence.)
Elle : Et avec Thomas ?
Moi : Correct. Ce n'est pas facile avec la distance et il est très occupé, alors on ne se parle pas trop souvent.
Elle : Tu sais, Léa, nous, on ne demande pas mieux que tu sois heureuse. Je ne veux pas que tu penses que tu ne peux pas me parler de ces choses-là, alors n'hésite pas à venir me voir si quelque chose te tracasse, OK ?
Moi : Hum, OK.

Je ne savais pas trop quoi dire. C'était évident qu'elle se rendait compte de ma tristesse, mais je n'avais aucune envie d'en parler. Je voulais garder ma peine et l'utiliser comme source d'inspiration pour mon article. Elle a quand même réussi à me faire sourire quand elle m'a proposé d'aller manger du sushi en ville ! Même Félix va être là. D'ailleurs, ils m'attendent en bas, et je veux essayer de maquiller mes yeux pour éviter que les gens dans la rue me dévisagent. Lol !
À plus,
Léa xox

Pièce jointe :

A comme dans Adaptation

Quand j'étais en quatrième année, une nouvelle élève est arrivée dans ma classe. Elle s'appelait Maryse et elle était très timide. Elle ne venait pas de notre village et ne connaissait personne. Je ne comprenais pas pourquoi elle avait tant de difficulté à parler aux autres et pourquoi elle était toujours seule. J'ai demandé à ma mère, et elle m'a dit : « C'est normal, Léa. Maryse vient de s'intégrer à un nouvel environnement. Laisse-lui le temps de s'adapter. »

Je crois que je n'ai jamais compris son attitude jusqu'à cet été, lorsque ma famille et moi avons quitté le village et la maison de mon enfance pour nous installer à Montréal. Personne ne sait à quel point c'est difficile de changer de milieu à moins de l'avoir vécu. Quand je songe aux gens qui émigrent d'un pays à un autre, qui abandonnent leur nationalité et doivent adopter une nouvelle langue, je me console et je les admire ! Après tout, mes amis ne vivent qu'à quelques centaines de kilomètres, et je n'ai pas eu à sacrifier mes traditions et ma culture.

Il va sans dire que Montréal est très différente de l'endroit d'où je viens. C'est grand, c'est bruyant, c'est bilingue, c'est multiethnique et ça bouge. Ça bouge tout le temps ! C'est une ville ouverte aux différences et à l'intégration des nouveaux arrivants.

S'adapter, ça veut dire accepter de se déraciner d'un environnement confortable pour repartir à zéro. Ça veut aussi dire prendre le risque de s'ouvrir aux autres et aux différences sans porter de jugements trop rapides. Il faut laisser le temps aux gens de s'habituer à notre présence sans les brusquer tout en respectant leur environnement. Il faut marcher sur des œufs et éviter de faire des faux pas et il faut parfois perdre beaucoup pour éventuellement gagner plus.

Léa Olivier
Groupe 34

À : Léa_jaime@mail.com
De : Marilou33@mail.com
Date : Samedi 26 septembre, 20 h 40
Objet : Bravo

Wow ! C'est un super beau texte, Léa. Je suis sûre que l'équipe de ton journal va triper, et que même les cool de ton école vont t'admirer ! Lol ! Sérieusement, j'ai été vraiment touchée.

Promets-moi que tu m'emmèneras avec toi lorsque tu seras devenue une journaliste célèbre et que tu couvriras des événements importants aux quatre coins de la planète ! ;)
Lou xx

Le Blog de Manu

Inscris un titre : Peur du jugement des autres

> **Écris ton problème :** Bonsoir, Manu ! Je viens d'écrire mon premier article pour le journal de mon école, et j'ai vraiment peur que les gens ne l'aiment pas. J'ai écouté mon cœur et j'ai été super honnête, mais j'angoisse quand même à l'idée que les autres me jugent à cause de ce que j'ai écrit. Je ne veux pas être encore plus rejet et je n'aime pas quand tous les regards se tournent vers moi. J'ai beaucoup de mal à m'assumer et je sens que c'est pire quand les gens ne me connaissent pas ! As-tu des trucs pour m'aider à surmonter ma peur ?
> Léa

Manu répond à deux questions par semaine. Tu seras peut-être choisie...

Chapitre 5
Léa à la dérive

Lundi 28 septembre

09 h 28

Thomas (en ligne): Es-tu là ?

09 h 28

Léa (en ligne): Oui. On a une journée pédagogique aujourd'hui, mais j'ai plein de choses à faire. ☹

09 h 30

Thomas (en ligne): Nous aussi, on a congé. Ça va faire du bien, parce que je me sens un peu claqué. Je travaille beaucoup ces temps-ci. Je vais pouvoir en profiter pour traîner un peu.

09 h 30

Léa (en ligne): Cool !

09 h 31

Thomas (en ligne): Excuse-moi si je ne t'ai pas rappelée ce week-end. Comme tu sais, mon horaire est super chargé. Mais c'est correct, parce qu'on se voit bientôt...

09 h 31

Léa (en ligne): Oui, c'est vrai.

09 h 31

Thomas (en ligne): Es-tu occupée? J'ai l'impression que je te dérange.

09 h 32

Léa (en ligne): Tu ne me déranges pas, mais j'ai beaucoup de devoirs à faire, et cet après-midi, je vais rejoindre Jeanne, une fille de l'école qui m'aide en anglais.

09 h 32

Thomas (en ligne): OK, mais je te trouve un peu à pic. Es-tu fâchée?

09 h 33

Léa (en ligne): Non, je ne suis pas «fâchée». Un peu débordée, c'est tout… J'aimerais mieux te parler de vive voix. Est-ce que je peux t'appeler?

09 h 34

Thomas (en ligne): Débordée pourquoi ? Tu as tellement le don de te compliquer la vie, Léa Olivier !
Je ne peux pas te parler tout de suite... J'ai un rendez-vous avec Sarah. Mon test de maths ne s'est pas super bien passé. Elle doit m'aider pour l'exam de rattrapage.

09 h 35

Léa (en ligne): OK, bon cours alors... J'espère que tout ira bien. JTM. xx

À : Léa_jaime@mail.com
De : Annieclaudebordeleau@mail.com
Date : Lundi 28 septembre, 11 h 27
Objet : Re : Mon article

Salut, Léa !
J'ai lu ton article et je l'ai trouvé super ! Je l'ai envoyé directement à Éric. Ne te fais pas trop de souci pour lui. Comme je te disais, il aime bien jouer les durs, mais il est capable de reconnaître le talent. Et crois-moi, tu es talentueuse ! :)

On déjeune ensemble demain ?
Annie-Claude

Mardi 29 septembre

19 h 03

Léa (en ligne): Coucou! Es-tu là? J'ai deux minutes pour te parler avant que mon frère s'en vienne. Il va m'aider à faire un devoir de maths. (Il faut bien qu'il serve à quelque chose!) Je sais que j'ai été un peu sèche hier, mais là, ça va mieux. ☺

19 h 04

Thomas (en ligne): Ouais, j'essaie de faire mes devoirs, mais tout le monde est en ligne, alors je n'arrive pas à me concentrer.

19 h 05

Léa (en ligne): Lol! Je te comprends. As-tu hâte que j'arrive? :))))

19 h 05

Thomas (en ligne): C'est sûr, mais j'ai tellement de choses à faire que je ne réalise pas vraiment.

19 h 06

Léa (en ligne) : Eh bien, moi, je compte les jours, les minutes et les secondes ! J'ai hâte de te serrer dans mes bras. J'espère que tu vas avoir congé vendredi... :)

19 h 07

Thomas (en ligne) : Mouais, mais ne compte pas trop là-dessus. Ici, la neige arrive plus tôt qu'à Montréal et on a déjà des commandes pour les pneus d'hiver.

19 h 08

Léa (en ligne) : Oh... :(Ils ne peuvent pas attendre la première tempête, comme mes parents ?
Bon, faut que je te laisse. Félix vient d'entrer dans ma chambre et je ne veux pas qu'il fouille dans mes conversations.

19 h 11

Thomas (en ligne) : OK, bonne étude.

19 h 12

Léa (en ligne) : Est-ce que tu m'aimes ?

19 h 12

Thomas (en ligne) : Ben oui, Léa. Étudie, là !

À : Marilou33@mail.com
De : Léa_jaime@mail.com
Date : Mercredi 30 septembre, 18 h 02
Objet : 10 jours !

On se voit dans dix jours !!! Youpi ! D'ici là, j'ai deux examens et trois travaux à remettre, alors le temps va passer super vite !

Annie-Claude a fait lire mon article à Éric. Il l'a corrigé et m'a rencontrée ce midi pour me faire lire la version définitive. J'avoue que je suis assez fière de moi, parce qu'il a décidé de le prendre comme éditorial dans le prochain numéro.

Il m'a même proposé d'écrire un deuxième article pour le journal de novembre ! Je lui ai dit que j'allais y penser. La vérité, c'est que je veux voir si mon premier article a du succès auprès des élèves avant de m'engager à en écrire un autre. Éloi m'a aussi dit que mon travail au journal étudiant me permettrait d'accumuler cinq crédits d'activités parascolaires !

J'aime beaucoup déjeuner avec lui, Julie et Annie-Claude. Ils sont super curieux et j'ai l'impression d'en apprendre tous les jours avec eux. Ce midi, après ma rencontre avec Éric, je suis allée les rejoindre à la cafétéria. J'ai salué Jeanne au passage, qui était assise à une table avec Maude, José, ses amis Alex et Karl,

Sophie, Lydia, Marianne et Katherine. Elle m'a invitée à m'asseoir deux minutes.

Moi : Je suis un peu pressée. J'ai promis aux gens du journal d'aller les rejoindre.
Jeanne : Ah, OK. Alors, tu repasseras plus tard si ça te tente !
Maude : Tu fais partie du journal ? (Il y avait une pointe d'agacement dans sa voix.)
Moi : Oui. Je viens juste de remettre un article pour le prochain numéro.
Alex : C'est cool. J'ai hâte de le lire ! (C'est la première fois qu'il m'adresse la parole. Il est vraiment beau, lui aussi. Aussi tombeur que José, mais il a l'air plus honnête !)
Moi : Ça parle de mon adaptation ici. Je pense que le résultat final est assez bon.
Maude : Mmh. Ouais, c'est ça...

Puis elle s'est tournée vers José en riant, comme si j'étais la dernière des ratées ou que j'avais dit quelque chose de complètement ridicule. Jeanne m'a regardée en levant les yeux au ciel, comme pour me dire de ne pas m'en faire avec Maude. J'avoue que je ne comprends pas ! C'est quoi son problème ? Qu'est-ce que ça peut bien changer à sa vie parfaite que je fasse partie du journal ? En quoi ça l'affecte ? Argh ! Le pire dans tout ça, c'est que ça me dérange qu'elle réagisse comme ça. J'aimerais me sentir au-dessus de ses sautes d'humeur, mais je ne suis pas encore assez à l'aise dans ma nouvelle école pour ne pas accorder d'attention à son jugement. J'ai dit au revoir à Jeanne et à Alex et je suis allée rejoindre mes « amis » du journal.

Annie-Claude : Ouah, je suis impressionnée ! Tu es devenue amie avec les cool de l'école.
Moi : Pfff ! Tellement pas ! Je m'entends bien avec Jeanne et elle m'aide en anglais, et je trouve qu'Alex est sympathique (et mignon, je l'avoue), mais je ne crois pas que Maude me porte dans son cœur.
Julie : Maude ne porte personne dans son cœur, à part son José et elle-même. Il ne faut pas que tu t'en fasses avec elle.
Annie-Claude : Ni que tu lui fasses de l'ombre ! Après tout, on se rappelle ce qui s'est passé l'an dernier.
Moi : Quoi ?
Annie-Claude : Maude et moi avons participé à un concours d'écriture pour la Commission scolaire. J'ai gagné le premier prix et son texte n'a pas été sélectionné. Elle n'a vraiment pas bien digéré son échec, alors elle s'est arrangée pour me rendre la vie impossible. Elle m'insultait dès qu'elle en avait la chance et elle me ridiculisait tout le temps devant les autres.
Moi : Ouah. Comment as-tu fait pour qu'elle arrête de t'intimider ?
Annie-Claude : C'est le secondaire, Léa. Ces drames-là surviennent tous les mois, par ici ! Maude a arrêté

de m'embêter quand elle a appris que Katherine avait embrassé José dans un party. Elle a alors décidé de jeter son fiel sur elle plutôt que sur moi.
Moi : Mais elles ont l'air d'être de bonnes amies, aujourd'hui !
Julie : Oui, parce que Maude a décidé de jeter son dévolu sur le chum de Katherine pour se venger !
Moi : C'était qui, le chum de Katherine ?
Annie-Claude : Tu es assise à côté de lui.
Moi : Éloi ! Toi ! Tu es sorti avec Katherine ?
Éloi : Ben là ! N'aie pas l'air aussi étonné ! Je ne suis pas si laid que ça ! (Rires.)
Moi : Non... Non... Ce n'est pas ça. C'est juste que j'ai du mal à t'imaginer avec une fille de ce groupe-là.

Je me suis retournée pour observer Katherine. Elle est jolie, elle aussi. (Je pense que c'est un critère pour faire partie de leur groupe.) Elle a le teint pâle, les cheveux noir de jais, et de grands yeux bruns en forme d'amande. Elle a l'air d'une fille drôle et gentille. Je l'ai peut-être jugée trop vite, elle aussi.

Julie : Mais tu ne connais pas encore le pire ! Quand Maude a su que Katherine avait embrassé José, elle est venue en parler à Éloi pour qu'il sache la vérité, lui aussi...
Éloi : Laisse-moi raconter ma version ! J'étais vraiment amoureux de Katherine, et ça m'a fait beaucoup de peine d'apprendre qu'elle m'avait trompé. Après l'école,

je suis allé me promener dans le parc avec Maude pour qu'on puisse pleurer ensemble sur notre sort... et elle m'a embrassé.
Moi : Wow ! C'est comme *Beverly Hills 90210,* votre histoire ! Tu as réagi comment ?
Éloi : Au début, je l'ai repoussée. Je lui ai dit que ce n'était pas correct. Mais elle s'est pressée contre moi en me disant qu'ils avaient fait la même chose. Je me suis laissé convaincre...
Annie-Claude : Après ça, Maude est allée voir Katherine pour lui dire ce qui était arrivé. Une chicane a éclaté près des casiers. Ça a duré une bonne heure, mais elles ont fini par se réconcilier. Maude a repris avec José deux mois plus tard, mais le couple d'Éloi et Katherine n'a pas survécu à la tempête.
Éloi : Non. Et on ne se parle plus vraiment depuis cet incident-là. On se sourit quand on se croise dans le couloir, mais c'est tout. On ne s'aime plus, et je ne crois pas qu'on puisse redevenir amis comme avant.

J'ai vraiment été étonnée d'apprendre cette histoire-là. On dirait que ça me fait voir Éloi sous un autre œil. Ce n'est pas juste le gars qui s'entend bien avec tout le monde et qui s'implique dans toutes les activités de l'école : c'est aussi quelqu'un qui a eu une blonde super populaire et qui a eu le cœur brisé. Ne va pas t'imaginer que je développe un *kick* sur lui ! Mais si mon cœur était complètement libre, il serait peut-être sur ma liste de potentiels amoureux. Lol !

Malheureusement, mon cœur n'est pas libre : il est plutôt recouvert de gros nuages gris. Les choses ne se sont pas vraiment améliorées avec Thomas. Je sens qu'il m'évite et qu'il est froid avec moi, et je ne sais plus trop comment le prendre. Comme tu dis, je verrai bien si ça clique encore entre nous quand je serai devant lui.

Toi ? Comment ça se déroule dans notre super village ? Est-ce que Steph est toujours aussi collée à Seb ? Donne-moi des nouvelles ! Je m'ennuie !
Léa xox

À : Léa_jaime@mail.com
De : Marilou33@mail.com
Date : Jeudi 1er octobre, 20 h
Objet : Le retour de Cédric

Tu ne devineras jamais ce qui m'est arrivé aujourd'hui ! Après l'école, je suis allée à l'épicerie avec ma mère et mon frère. J'étais en train de choisir des tomates quand quelqu'un m'a tapée sur l'épaule... Cédric ! Il était devant moi. J'étais tellement surprise de le voir que j'ai laissé tomber tous mes fruits par terre. On a éclaté de rire en même temps et il m'a aidée à les ramasser. En se relevant, nos têtes se sont cognées ensemble ! J'étais morte de honte ! On aurait dit un film !

Moi : Qu'est-ce que tu fais ici ?
Cédric : J'accompagne ma mère. Elle avait affaire dans le village. Ça va ?
Moi : Oui, oui, ça va. (Je parlais vite parce que j'étais vraiment nerveuse.) Tu sais, la routine : l'école, les devoirs, les amis, la natation. Toi ?
Cédric : Ça va bien. Beaucoup de devoirs aussi. Je suis rentré au collège privé cette année, et j'avoue que c'est pas mal plus de travail.
Moi : Ah, c'est plate... Bon, je dois y aller. Ma mère m'attend. À la prochaine, Cédric !
Cédric : En passant, j'ai cassé avec ma blonde. Pour vrai, cette fois-là. Si jamais ça te tente encore, on pourrait aller voir un film...
Moi : Peut-être... Tu m'écriras.

Et je suis partie. Je suis tellement fière de moi ! Même si je suis contente d'apprendre que sa blonde n'est plus dans le paysage et que je me meurs d'envie de le revoir, il n'est pas question que je dise oui sans le faire languir. Tu sais que je suis orgueilleuse, alors je veux le faire attendre un peu. Mais c'est tellement excitant ! Je commençais justement à croire que je n'allais jamais avoir de chum de ma vie.

Autre potin : JP a cassé avec Laurie. Il lui a écrit une lettre pour lui dire qu'il ne voulait pas de blonde finalement et qu'il était désolé. Elle a passé tout le déjeuner à pleurer dans les toilettes. Elle lui en veut aussi de ne pas le lui avoir dit de vive voix, mais la connaissant, j'aurais peut-être fait la même chose que JP. On s'entend qu'elle est un peu (beaucoup) intense, comme fille ! Steph et moi avons essayé de la raisonner (ça faisait quand même juste deux semaines qu'ils sortaient ensemble !!), mais tu la connais : elle fait tout le temps des tempêtes dans un verre d'eau et c'était comme si le monde venait de s'écrouler sous ses pieds ! Pour répondre à ta question, Steph et Seb sont toujours aussi pots de colle, mais ils m'énerveront peut-être moins maintenant que Cédric est réapparu.

Pour ce qui est de Thomas, je l'ai encore revu avec Sarah, mais sans livres de maths cette fois. Ils étaient assis devant l'école et il avait l'air de se confier. Jonathan et d'autres gars de secondaire 5 sont venus les rejoindre et ils sont partis vers le parc. As-tu de ses nouvelles ?

J'ai tellement hâte que tu arrives ! Huit jours !
Lou xx

À : Marilou33@mail.com
De : Léa_jaime@mail.com
Date : Vendredi 2 octobre, 18 h 20
Objet : 1 semaine ! Wouhou !

WOW ! Cédric s'est enfin déniaisé et a réalisé son erreur ! Il était temps qu'il casse avec sa blonde et qu'il donne une chance à la fille la plus cool au monde ! Lol !

La semaine est enfin terminée, mais je dois passer tout le week-end à faire des devoirs. :'(En plus, j'ai un gros examen d'anglais mardi et ça me stresse beaucoup. Je suis censée aller étudier chez Jeanne, dimanche.

Je n'ai pas vraiment eu de nouvelles de Thomas, à part une conversation de trois minutes, mardi. Je l'ai appelé hier et (évidemment) il n'était pas là, et, quand il m'a rappelée, j'étais sortie prendre une crème glacée avec Félix. J'étais tellement déçue que je regrettais un peu mon cornet à la vanille. Je l'ai rappelé environ dix fois par la suite, mais il n'y a jamais de réponse chez lui. Après ça, ma mère m'a demandé d'aller chercher du lait au dépanneur[L], et je voulais tellement être certaine de ne pas rater son appel que j'ai supplié mon frère d'y aller à ma place. Évidemment, Thomas ne m'a jamais rappelée et je suis maintenant bonne pour faire le ménage de la chambre de Félix pour rien. Je ne sais pas trop ce qui lui arrive. Il dit qu'il est super occupé avec l'école et le travail, mais il me semble qu'il devrait être un peu plus content de me voir arriver, non ?

Plus tu me parles de Sarah Beaupré, plus je la déteste et plus je deviens paranoïaque. J'ai même décidé d'espionner sa page Facebook. Sur son profil, c'est écrit qu'elle est en relation, mais ça ne dit pas avec qui. Je me suis mise à m'imaginer que Thomas sortait en cachette avec elle et qu'il n'osait pas me le dire. Puis j'ai observé son mur et j'ai remarqué qu'il lui avait écrit hier à 19 h 30 (juste après qu'il m'a appelée). Je n'aime pas leur relation. Pourquoi il la drague comme ça ? Et s'il se connecte à Internet, pourquoi n'écrit-il pas à sa blonde (hum, hum ! MOI !) au lieu de sa nouvelle meilleure amie ? Je te copie leur conversation :

Sarah Beaupré J'aime mes amis !!!!
Jeudi à 18 h 50

Thomas Raby et je t'aime, moi aussi :)
Jeudi à 19 h 33

Sarah Beaupré Awww. Merci, mon petit chou. Je ne te savais pas si romantique ! Lol !
Jeudi à 19 h 39

Thomas Raby C'est juste quand ça me tente... et quand l'autre le mérite. :)
Jeudi à 19 h 43

Sarah Beaupré Arrête, tu vas me faire rougir !
Jeudi à 19 h 47

Qu'en penses-tu ?
Léa

À : Léa_jaime@mail.com
De : Marilou33@mail.com
Date : Vendredi 2 octobre, 19 h 11
Objet : !?!

J'avoue que c'est intense comme amitié... Je sais que tu ne veux pas l'embêter avec ça et qu'il te demande de lui faire confiance, mais je pense que tu devrais mettre les choses au clair avec lui, une fois pour toutes ! Tu es sa blonde, après tout ! Sinon, ça risque de ruiner ton voyage ici parce que tu seras toujours sur tes gardes. Conseil de *BFF* : dis-lui que ça t'énerve !

De mon côté, j'ai reçu un mail de Cédric. Regarde :

Chère Marilou,
Je suis vraiment content de t'avoir croisée hier. Après mon dernier mail, j'avoue que je n'osais pas te relancer parce que je ne voulais pas que tu penses que je jouais avec toi. Mais le hasard fait bien les choses. :) J'ose donc : as-tu envie d'aller au cinéma avec moi demain ?
Cédric

J'ai décidé de ne pas lui répondre tout de suite. Premièrement, c'est un peu une invitation de dernière minute. Non ? Et deuxièmement, j'ai encore envie de le faire languir. Qu'en penses-tu ?
Lou xx

Le Blog de Manu

Inscris un titre : Je ne sais pas comment m'y prendre avec lui

---

> **Écris ton problème :** Salut, Manu ! Mon chum (celui qui habite loin) a créé une amitié avec une fille en qui je n'ai vraiment pas confiance. Je sais qu'il n'aime pas ça quand je fais des crises de jalousie, mais c'est un fait qu'il ne m'écrit presque plus et qu'il passe tout son temps avec elle. Elle a un chum, mais je crois qu'elle a aussi l'œil sur le mien... J'hésite à lui en parler parce que j'ai peur de sa réaction. Il est plus vieux que moi et je ne veux pas avoir l'air d'un bébé avec toutes mes angoisses. En fait, je marche toujours sur des œufs quand je suis avec lui parce que je ne veux pas le froisser, ni le pousser à bout, et ça commence sincèrement à me taper sur les nerfs. Que devrais-je faire ?
> Léa

Manu répond à deux questions par semaine. Tu seras peut-être choisie...

Samedi 3 octobre

13 h 03

Annie-Claude (en ligne): Alors, la vedette, as-tu hâte que ton article soit publié ?

13 h 04

Léa (en ligne): Lol ! Oui, mais je suis un peu nerveuse aussi. :p

13 h 04

Annie-Claude (en ligne): C'est super normal, mais tout va bien se passer ! Et que fais-tu de beau aujourd'hui ?

13 h 05

Léa (en ligne): Des devoirs. :(Je dois m'avancer pas mal, parce que je pars vendredi voir mes amis dans mon ancienne ville !!

13 h 07

Annie-Claude (en ligne): Ah oui ! C'est vrai ! C'est cool, ça ! Tu dois avoir hâte de voir ton beau Thomas. ;)

13 h 09

Léa (en ligne) : Ouais... J'ai super hâte... Mais pour être honnête, ça ne va pas super bien ces temps-ci. J'ai comme l'impression qu'il ne m'aime plus autant qu'avant... et il y a une fille qui lui tourne autour aussi, un genre de Maude. ;)

13 h 12

Annie-Claude (en ligne) : Pouah ! Je comprends ton stress, alors ! Lol ! Mais sérieusement, parle-lui si tu ne te sens pas bien. Je ne suis pas *full* experte en matière de gars, mais c'est le meilleur conseil que je puisse te donner !

13 h 14

Léa (en ligne) : Ouais, tout le monde me dit la même chose... En tout cas, on verra bien. Toi, tu fais des devoirs aussi ?

13 h 16

Annie-Claude (en ligne) : Ouais, mais il faut aussi que je me rende à l'école pour une réunion de l'association étudiante... Un samedi ! Lol ! Mais si jamais tu as besoin de parler, n'hésite pas ! J'essaierai au moins de te changer les idées.

13 h 19

Léa (en ligne) : Merci, t'es super fine. Bonne réunion et à lundi ! xxxxx

À : Thomasrapa@mail.com
De : Léa_jaime@mail.com
Date : Samedi 3 octobre, 14 h 30
Objet : Mise au point

Brouillon :
J'ai longuement hésité à t'écrire, mais là je n'en peux plus. Je ne sais plus trop comment interpréter tes paroles. Tu dis que tu as hâte de me voir, mais tu m'écris à peine et tu ne me dis plus jamais que tu m'aimes. Nos beaux souvenirs semblent tellement lointains qu'on dirait que je suis partie depuis cinq mois. Moi, je m'ennuie de ton odeur et de tes yeux, et je compte les minutes avant d'être de nouveau avec toi. Même si tu m'as dit que tu tenais à moi et que tu m'as suppliée de te donner une autre chance après l'histoire de Sarah, je trouve que tu ne fais pas beaucoup d'efforts pour notre couple.

J'ai l'impression que tu aimes mieux passer du temps avec elle ou jouer avec tes moteurs d'auto plutôt que de me parler, et ça me fait de la peine. Le pire, c'est que j'ai toujours peur de tes réactions, alors j'endure sans jamais te dire vraiment ce que je ressens. J'ai tellement peur de te perdre que je n'ose pas te brusquer, mais ça me rend encore plus malheureuse. Si tu veux casser, j'aimerais ça que tu me le dises.

Ah oui, une dernière chose : je sais que tu es devenu très proche de Sarah (j'ai espionné son profil Facebook), et ça m'énerve.

Voilà. Si tu as besoin de temps pour réfléchir, prends-le. Nous pourrons en discuter face à face vendredi.
Léa

À : Marilou33@mail.com
De : Léa_jaime@mail.com
Date : Dimanche 4 octobre 19 h 20
Objet : Suis claquée !

Quelle journée ! Je me suis levée en retard pour me rendre chez Jeanne, mais mon frère a proposé de m'y conduire en voiture. Il vient juste d'obtenir son permis, alors toutes les excuses sont bonnes pour emprunter l'auto de mon père. Les parents de Jeanne ramassaient des feuilles mortes quand je suis arrivée. Je les ai salués rapidement et je suis montée à la chambre de Jeanne. J'ai été étonnée de voir Sophie et Maude assises sur son lit en train de feuilleter des magazines.

Jeanne : Salut, Léa ! Maude et Sophie vont se joindre à nous pour étudier. J'espère que ça ne te dérange pas !
Moi : (Oui !) Non, pas du tout.
Sophie (d'un ton faux) : Alors, ton article ?
Moi : Il sort demain dans le journal.
Jeanne : Es-tu nerveuse ?
Moi : Un peu. J'espère que les gens vont l'aimer. (J'ai dit ça en regardant Maude, qui n'avait pas encore levé les yeux vers moi.)
Jeanne : Je suis sûre que oui ! Bon, on commence ?

Maude devait terminer une composition de français et Sophie un devoir de maths. Je me suis assise dans un autre coin de la chambre avec Jeanne et elle m'a expliqué des règles de grammaire. Je ne peux pas dire que je comprenne grand-chose, mais je vais essayer de mémoriser le plus d'informations possible pour passer l'examen. Après quelques heures de travail intense, je me suis levée pour partir. En vérité, je ne me sentais pas super à l'aise avec Maude et Sophie, et je n'avais pas la tête à entretenir une conversation avec elles.

Jeanne : Tu ne veux pas un verre de jus avant de partir ?
Moi : Non merci. Mon frère est déjà en route.
Sophie : Ton frère est vraiment un pétard. Tu m'inviteras chez vous, un jour !
Moi : Hum, OK, mais je pense qu'il fréquente déjà quelqu'un.
Maude : Tu veux dire qu'il fréquente toutes les filles de secondaire 5 ! Et toi, Léa, as-tu un chum ?
Moi : Oui, mais à 400 km d'ici.
Sophie : Comment vous faites pour tenir le coup ?
Moi : J'y vais la semaine prochaine. Mais j'avoue que c'est difficile. Surtout ces temps-ci.
Maude : Si tu veux mon avis (non), tu te compliques vraiment la vie pour rien. Tu as à peine quatorze ans ! Je pense que tu devrais le laisser et sortir avec quelqu'un d'ici. Pourquoi pas Éloi ? Il embrasse bien ! Je suis bien placée pour le savoir !

Jeanne : Maude, franchement ! Laisse-la vivre sa vie comme ça lui tente.
Maude : Je dis juste que tu n'as pas l'air de le laisser indifférent. Il y a Alex, aussi, qui te trouve mignonne.
Sophie : Hey ! J'ai déjà dit qu'Alex était à moi.
Maude : Alors, déniaise-toi et fais-lui savoir avant qu'il soit trop tard ! Parce que si Léa est aussi charmeuse que son frère, ça ne prendra pas grand temps avant qu'elle lui mette le grappin dessus !
Moi : ... Euh... Non ! Alex ne m'intéresse pas. Éloi... Éloi non plus ! Bon, faut que j'y aille.

J'étais sans voix. Cette fille-là a vraiment le don de dire ce qu'elle pense sans mettre de gants blancs. J'avais les larmes aux yeux en descendant les escaliers. Jeanne m'a suivie jusqu'à la porte.

Jeanne : Écoute-la pas, Léa. Maude agit comme ça avec les gens qu'elle ne connaît pas. C'est comme un moyen de défense, mais elle n'est pas méchante une fois que tu apprends à la connaître.
Moi : Honnêtement, ça ne m'intéresse pas vraiment de la connaître, et si ça ne te dérange pas, je préférerais qu'on étudie juste toutes les deux la prochaine fois.
Jeanne : Promis. Excuse-moi, Léa.

Mon frère est arrivé à ce moment-là. Dire qu'il a déjà une réputation de Casanova ! Ça fait à peine un mois que l'école est commencée !! Si seulement Maude savait à quel point je suis différente de lui, elle arrêterait de se faire des idées à propos de moi.

Pour ce qui est de Cédric, ne sois pas trop lente à lui répondre. Je sais que tu es orgueilleuse, mais ça peut aussi te jouer des tours. :) Bref, je suis d'accord pour que tu le fasses languir un petit peu, mais écoute ton cœur aussi.
Léa xox

P.-S. : J'ai suivi ton conseil et j'ai écrit un mail à Thomas pour lui dire comment je me sentais, mais je n'ai pas eu le courage de le lui envoyer. Ça m'aura au moins permis de mettre mes idées au clair et j'aurai plus de facilité à lui en parler vendredi.

P.P.-S. : Viens-tu me chercher à la station d'autobus ?

Dimanche 4 octobre

20 h 35

Félix (en ligne): Pssst! Pssst!

20 h 35

Léa (en ligne): Mmh... ?

20 h 36

Félix (en ligne): C'est qui la fille dans ton niveau qui sortait avec ton ami *nerd*? Tu sais, celle qui est amie avec Maude!

20 h 38

Léa (en ligne): Comment ça tu connais Maude?

20 h 38

Félix (en ligne): Tout le monde connaît Maude. Elle a des amis en secondaire 5.

20 h 39

Léa (en ligne) : Ouais, et tout le monde a l'air de te connaître, toi aussi ! Pour répondre à ta question, la petite clique de Maude se compose de Jeanne (celle que tu as rencontrée), Sophie (la rousse), Katherine (grande aux longs cheveux noirs), Lydia (celle qui a le teint foncé) et Marianne (la blonde aux yeux bleus).

20 h 43

Félix (en ligne) : Katherine ! C'est elle que je cherchais !

20 h 44

Léa (en ligne) : Tu la cherchais pour quoi ?

20 h 44

Félix (en ligne) : Pour rien. Je la trouve juste belle.

20 h 45

Léa (en ligne): Félix ! Tu ne peux pas sortir avec une fille de ton niveau ? En plus, elles te tournent toutes autour comme des abeilles ! J'ai déjà assez de misère à m'intégrer comme ça sans que mon grand frère vienne briser le cœur d'une des filles les plus populaires de mon niveau ! De toute façon, elle est trop jeune pour toi.

20 h 48

Félix (en ligne): Elle n'est pas si jeune que ça.

20 h 48

Léa (en ligne): Tu n'arrêtes pas de me dire que je suis jeune, et elle a le même âge que moi.

20 h 49

Félix (en ligne): Ouais, mais je suis sûr qu'elle est plus mature.;) De toute façon, je ne veux pas la demander en mariage. Je la trouve juste belle.

20 h 50

Léa (en ligne): OK, mais trouve-la belle de loin ! Bon, laisse-moi travailler, maintenant !

À : Marilou33@mail.com
De : Léa_jaime@mail.com
Date : Lundi 5 octobre, 16 h 47
Objet : Mon heure de gloire !

Lou !! Mon article est paru aujourd'hui et je pense que les gens ont beaucoup aimé. Il y a même des élèves que je ne connais pas qui sont venus me féliciter ! Jeanne est passée me voir à mon casier pour me dire qu'elle avait trouvé ça super bon et pour s'excuser encore une fois pour l'attitude de Maude. Je lui ai dit de ne pas s'en faire avec ça. Après tout, ce n'est pas sa faute si sa meilleure amie est une sorcière ! Lol !

Nous sommes allées déjeuner ensemble et elle m'a posé toutes sortes de questions sur Thomas. J'ai été honnête avec elle et je lui ai dit que ça n'allait pas super bien et que ça me stressait beaucoup de le revoir. Ça m'a fait du bien de lui en parler. J'ai l'impression qu'elle me connaît un peu plus maintenant. En revenant à l'école, j'ai croisé Éloi qui a tenu à me féliciter pour mon article. Les paroles de Maude me sont revenues à l'esprit et je suis devenue rouge comme une tomate.

Lui : Qu'est-ce que t'as ? Pourquoi t'es rouge comme ça ? Tu n'as pas à être gênée parce que je te fais un compliment !
Moi : Non, je ne rougis pas... Je... C'est juste que... hum... Merci.

Lui : T'es bizarre, aujourd'hui ! Ça doit être le succès qui te monte à la tête. Au fait, si tu es libre vendredi, j'organise une petite fête chez moi. Ça te permettra de célébrer.
Moi : Oh, j'aurais aimé ça, mais je retourne chez moi... en fait dans mon ancien chez-moi pour le week-end. On se rattrapera !

Honnêtement, je suis un peu déçue de rater sa fête. Je n'échangerais mon voyage pour rien au monde, mais pour une fois que quelqu'un m'invite à participer à une activité sociale (autre qu'étudier), j'aurais aimé être là !

Et toi ? As-tu enfin écrit à Cédric ?????

J'ai hâte à vendredi !
Léa xox

À : Léa_jaime@mail.com
De : Marilou33@mail.com
Date : Mercredi 7 octobre, 16 h 20
Objet : Je te vois après-demain !!

Salut, ma belle !
Deux jours !! Deux jours et je pourrai enfin te serrer dans mes bras ! Tu dois commencer à être énervée, toi aussi ! Je sais que tu as beaucoup de travaux à remettre cette semaine, alors ça t'évite peut-être

de stresser à propos de Thomas. Je l'ai vu près des casiers aujourd'hui et je lui ai demandé s'il voulait m'accompagner au terminal d'autobus, mais il m'a dit qu'il devait travailler jusqu'à 20 h et qu'il allait nous rejoindre après.

Eh non, je n'ai toujours pas écrit à Cédric... Tu as sans doute raison, mais de toute façon, je n'ai pas le temps de le voir ce week-end parce que ma meilleure amie vient me rendre visite. ;) J'ai tellement hâte !
Lou xox

À : Léa_jaime@mail.com
De : Thomasrapa@mail.com
Date : Jeudi 8 octobre, 17 h 30
Objet : Enfin !

Salut, toi ! :)
Je suis content que tu arrives demain. Je sais que ce n'est pas facile depuis que tu es partie, mais je suis sûr que le week-end va nous faire du bien. Je ne sais pas exactement à quelle heure je vais terminer mon travail au garage, mais laisse-moi un message à la maison et j'irai vous rejoindre là où vous êtes.
À demain !
Thomas

À : Marilou33@mail.com
De : Léa_jaime@mail.com
Date : Vendredi 9 octobre, 11 h 16
Objet : Je pars !

Je pars pour la station d'autobus dans vingt minutes ! Je veux arriver en avance pour être sûre et certaine d'avoir une place. Désolée si je ne t'ai pas donné de nouvelles cette semaine. Mon examen d'anglais n'a pas super bien été, mais j'ai réussi à remettre tous mes autres travaux à temps. J'ai aussi commencé à travailler avec Éloi pour le classement des articles au journal. C'est cool, parce que ça nous permet de passer du temps ensemble et j'en apprends beaucoup sur l'histoire de mon école. J'aime bien avoir un ami garçon. Ne va pas t'imaginer un dénouement romantique : j'ai un chum, je l'aime et je vais le voir dans quelques heures ! Et je pourrai enfin serrer ma meilleure amie dans mes bras. OUI !!!!

Bon, je te laisse. On se voit tout à l'heure !
Léa xox

À : Thomasrapa@mail.com
De : Léa_jaime@mail.com
Date : Vendredi 9 octobre, 22 h 30
Objet : Où es-tu ?

Où es-tu ? Je t'ai cherché partout ! Je suis arrivée vers 18 h 30 et je suis allée dîner chez Marilou, après quoi je suis passée au garage pour te faire une surprise, mais tu n'étais pas là. :(Je me suis rendue au parc, mais sans succès. J'ai aussi laissé six messages sur ton répondeur. Marilou a même appelé JP et Seb pour savoir où tu étais, mais nous n'avons pas réussi à les joindre, et Steph ne sait pas où vous êtes.

Me cherches-tu, toi aussi ? Je suis chez Marilou. Appelle-moi ce soir ou à la première heure demain matin, OK ?
Léa

Chapitre 6
Peine d'amour

Le Blog de Manu

Inscris un titre : Je ne sais plus quoi penser

Écris ton problème : Bonjour, Manu ! Je t'écris de l'autobus qui me ramène à Montréal. Le WiFi gratuit est le soleil de ma journée. Je suis retournée chez moi pour le long week-end afin de revoir mon chum et ma meilleure amie. J'ai passé du temps extraordinaire avec Marilou, mais la situation demeure complexe avec Thomas.

Il ne m'a pas donné de signe de vie vendredi. J'ai passé la soirée à le chercher et à me faire du mauvais sang pour lui. Il a fini par m'appeler samedi en matinée. Il m'a dit qu'il avait eu une « urgence » avec ses amis et qu'il avait tenté de me joindre, mais qu'il n'avait pas réussi. Je ne sais pas si je dois le croire. Marilou dit qu'avec la quantité de messages que je lui ai laissés, s'il avait vraiment voulu me voir, il se serait arrangé pour le faire. Sur le coup, j'étais blessée et un peu fâchée, mais lorsque je l'ai rejoint au parc en après-midi, tous mes doutes se sont dissipés. Je n'ai eu qu'à le regarder pour retomber follement amoureuse de lui. Il m'a serrée très fort dans ses bras et je me suis sentie fondre.

Il sent tellement bon. Je pense que je ne pourrais pas survivre sans son odeur. J'ai passé le reste de mon week-end entre le garage où il travaille et la maison de Marilou, et ce matin, j'ai dû partir très tôt pour prendre mon autobus. C'est Thomas qui m'a conduite à la station. Je lui ai demandé de me rassurer et de me dire qu'il croyait en nous, mais sa réponse a été très évasive. Même si je sais qu'il m'aime, il y avait du brouillard dans ses grands yeux noirs. «Léa, on est tellement jeunes! Je ne veux pas que tu gâches ton temps à Montréal pour moi et que tu m'attendes toute ta vie.» Je lui ai dit que je ne gâchais rien et qu'au contraire, je ne pouvais pas m'imaginer vivre sans lui. Il m'a souri d'un air triste et l'autobus est arrivé. Je ne comprends pas ce qu'il voulait dire par là. Je ne veux pas le perdre. Qu'est-ce que je devrais faire?
Léa

Manu répond à deux questions par semaine. Tu seras peut-être choisie...

À : Marilou33@mail.com
De : Léa_jaime@mail.com
Date : Mardi 13 octobre, 18 h 16
Objet : Retour à la réalité

Je ne pouvais pas demander pire comme retour à la réalité : j'ai raté mon examen d'anglais, j'ai encore plein de travaux à remettre, mes parents m'énervent et Maude a décidé de se moquer de moi parce que je portais le grand pull à capuche de Thomas.

J'étais en train de prendre mes cahiers dans mon casier lorsqu'elle est arrivée pour sa séance quotidienne de *french* avec José.

Elle : Dis donc, Léa, c'est un beau pull que tu portes ! C'est à ton père ? En tout cas, on ne peut pas dire que ça épouse tes formes !
Moi : Non, c'est à mon chum.
Elle : Il a un beau style campagnard, ton chum !
Moi : Maude, je ne sais pas ce que je t'ai fait pour que tu me détestes autant, mais je ne suis vraiment pas d'humeur à t'entendre rire des gens que j'aime et que tu ne connais pas.

J'avais les larmes aux yeux et je sentais la rage monter en moi. Je sais que c'est rare que j'ose me défendre, mais là, il y a des limites à ce que je peux endurer. J'ai donc suivi le conseil de Jeanne et je ne me suis pas laissé intimider ! En plus, tu sais que les choses ne sont pas très nettes entre Thomas et moi, et je me sens très vulnérable depuis nos adieux à la station. Jeanne est arrivée au moment où j'envisageais de sauter au visage de Maude.

Jeanne : Qu'est-ce qui se passe ?
Maude : Rien. Léa n'aime pas qu'on lui fasse des compliments. Ce doit être à cause de son SPM*.

J'ai tourné les talons et je me suis rendue à mon cours de français. Jeanne m'a rattrapée pour savoir ce qui n'allait pas.

Moi : Elle ne m'aime pas, Jeanne, et je n'ai pas la force de lui tenir tête. Je n'ai pas d'amis ici, ma vie va mal et je suis triste aujourd'hui. Laisse-moi toute seule, s'il te plaît.

Elle m'a regardée d'un air désolé et j'ai poursuivi mon chemin. Ce midi, j'avais tellement honte de mon attitude que je suis allée manger seule dans le local du journal étudiant. Éloi est arrivé au moment où je m'apprêtais à partir.

Lui : Ça ne va pas, Léa ?
Moi (avec une boule dans la gorge) : Oui, oui.
Lui : Je sais que ça ne va pas. Ça se voit dans tes yeux. Et Jeanne est venue me dire que tu ne filais pas.
Moi : Non, je ne file pas ! Je suis nulle en anglais, je n'ai pas d'amis, je m'ennuie de chez moi et...

---

*SPM = syndrome prémenstruel.

Lui : Et quoi ?
Moi : ... et ça ne va pas du tout avec mon chum. Je sais qu'il veut casser avec moi et je ne sais pas quoi faire.
Lui : Tu l'aimes encore ?
Moi : Oui... Mais il habite tellement loin. Personne ne comprend pourquoi je reste avec lui. Je ne sais plus quoi en penser.
Lui : Laisse faire les autres. L'important, c'est que tu sois heureuse. Si tu l'aimes et que tu ne veux pas casser, je pense que tu devrais simplement le lui dire.

Je l'ai regardé d'un air étonné. Je ne m'attendais pas à ce qu'Éloi me donne des conseils amoureux. Je sais qu'il est sorti avec Katherine, mais je n'ai pas l'habitude de me confier à des garçons. Il m'a serrée dans ses bras et j'ai éclaté en sanglots. Je n'ai pas pu me retenir, et j'avoue que ça m'a fait beaucoup de bien. Je me sentais un peu mal de couvrir son t-shirt de larmes et de morve, mais ça n'avait pas l'air de le déranger du tout. J'ai fini par me calmer et j'ai levé les yeux vers lui.

Moi : Merci. Je pense que j'avais besoin d'en parler.
Lui : Je suis là pour toi, Léa. Je sais que tu penses que tu n'as pas d'amis, mais ce n'est pas vrai. Annie-Claude, Jeanne et moi tenons beaucoup à toi.

Il a dégagé les cheveux de mon visage et il m'a regardée d'un drôle d'air. C'était de la tendresse mélangée à autre chose. Je commençais à sentir une tension monter entre nous deux. Je me suis demandé s'il allait m'embrasser, mais Éric est arrivé dans le local et nous a interrompus avant que je puisse le découvrir. C'est bizarre, mais je pense qu'une partie de moi avait envie qu'il m'embrasse. C'est sûrement parce que je me sentais vulnérable. En y repensant bien, ça aurait été la pire gaffe au monde de risquer de perdre mon seul ami pour un baiser qui ne veut rien dire !

J'ai beaucoup réfléchi à ce qu'il m'a dit et j'ai décidé de suivre son conseil (et le tien) et de mettre les choses au clair avec Thomas. Je sais que je ne veux pas le brusquer, mais il y a des limites à l'ambiguïté.
Je t'en redonne des nouvelles.
Léa xox

P.-S. : Je sais que je te l'ai déjà dit 1001 fois, mais merci encore pour le week-end ! C'était génial de passer du temps avec toi ! Tu me manques déjà ! ❤

À : Thomasrapa@mail.com
De : Léa_jaime@mail.com
Date : Mardi 13 octobre, 20 h 15
Objet : Mise au point

Salut, Thomas,
J'espère que ton début de semaine se passe bien. Moi, ça va plutôt moyen : les cours sont plus difficiles

que je pensais et ça m'a rendue super nostalgique de vous revoir ce week-end.

Je dois aussi avouer que nos adieux m'ont rendue triste. Je ne comprends pas trop où tu veux en venir. Je comprends que tu ne veuilles pas me faire perdre mon temps, mais je veux que tu saches que je t'aime et que je suis prête à t'attendre. Même si ça n'allait pas très bien avant ma visite, le fait de te revoir a ravivé tous les sentiments que j'avais pour toi. Je n'arrête pas de penser à tous les moments qu'on a passés ensemble et je ne veux vraiment pas te perdre. J'aimerais juste m'assurer que toi aussi, tu veux rester avec moi. J'attends ta réponse avec impatience.
Léa xox

À : Léa_jaime@mail.com
De : Marilou33@mail.com
Date : Mercredi 14 octobre, 19 h 00
Objet : Cédric
1 pièce jointe : Mail Cédric

C'est officiel : la vie est ennuyeuse quand tu n'es pas là. Les choses ont vite repris leur allure normale : Steph est toujours avec Seb, Laurie pleure à cause de JP, mon petit frère m'énerve et je m'ennuie de ma *best* !

Pour essayer de vaincre l'ennui, j'ai finalement décidé de relancer Cédric. Tu peux voir le mail que je lui ai envoyé en pièce jointe. Et toi ? As-tu une réponse de Thomas ? J'espère que les choses vont un peu mieux... :)
Lou xx

P.-S. : J'ai mis le pull que tu m'as offert à l'école et j'ai eu plein de compliments ! Yé !!

Pièce jointe :

Salut, Cédric,
Comment vas-tu ? Moi pas si mal. Désolée de ne pas t'avoir répondu plus tôt, mais j'ai été très occupée. Ma meilleure amie est venue me voir ce week-end, et je m'ennuie beaucoup maintenant qu'elle n'est plus là.
Ton offre de cinéma tient toujours ? J'aurais bien envie de me changer les idées... ;)
Marilou

À : Marilou33@mail.com
De : Léa_jaime@mail.com
Date : Vendredi 16 octobre, 20 h 03
Objet : La vie d'une rejet

Si tu t'es déjà demandé à quoi ressemblait la vie d'une rejet, je suis là pour t'éclairer sur la question : la rejet passe son vendredi soir chez elle à manger des donuts en regardant des films de filles en pyjama, tandis que son grand frère cool court d'un party à l'autre à la recherche d'une nouvelle conquête. Même ses parents ont une vie sociale plus excitante que la sienne !

Au moins, la semaine s'est terminée sur une meilleure note. Jeanne est venue me voir en classe hier et m'a proposé d'aller discuter en anglais au Presse Café. Étant donné mes notes catastrophiques, je ne suis pas en mesure de refuser son offre ! Nous avons parlé de son enfance puisque ça lui permettait de me montrer le *past tense* (que je ne saisis vraiment pas bien à en juger par mon examen). Elle m'a ensuite demandé comment j'allais (en français). Je lui ai fait un résumé (pathétique) de ma vie (pathétique), et elle m'a invitée à un barbecue chez elle le week-end prochain pour me changer les idées. Malheureusement, Maude sera aussi de la fête, mais Jeanne m'a dit qu'elle allait se charger de lui parler pour qu'elle me laisse un peu tranquille.

J'ai déjeuné avec Annie-Claude et les gens du journal aujourd'hui, mais j'ai remarqué qu'Éloi n'était pas là. J'ai balayé la cafétéria du regard et je l'ai aperçu à une table avec Marianne. Ils rigolaient et se chamaillaient. J'ai ressenti un pincement au cœur. Depuis quand Éloi se tient-il avec le groupe des nunuches ? Pfff. Annie-Claude a croisé mon regard.

Annie-Claude : Éloi est un charmeur. Il s'entend bien avec tout le monde, même avec les plus détestables.
Moi : On dirait qu'elle ne lui déplaît pas.
Annie-Claude : Dis donc, es-tu jalouse ?
Moi : Non ! Mais je n'aime pas beaucoup Marianne. Elle est méchante avec tout le monde.
Annie-Claude : Je sais. Mais elle a toujours eu un petit *kick* sur Éloi. Ils étaient ensemble au primaire.

Éric nous a alors interrompues pour me demander si je comptais écrire un autre article et j'ai accepté. Il veut déjà que je songe à une idée pour le numéro de novembre. J'avoue que je n'ai pas trop la tête à ça.

Je n'ai pas eu de nouvelles de Thomas depuis mon fameux mail. Je vais lui laisser un peu le temps pour réfléchir à sa réponse, mais j'avoue que ça me ronge à l'intérieur et que je vérifie systématiquement mes mails toutes les trente minutes pour voir s'il m'a répondu. Je me suis dit que si je n'avais pas de nouvelles dimanche, je l'appellerais. Sur ce, je retourne à mes films et à mes donuts. À ce rythme-là, je devrais être obèse à Noël.
Léa xox

P.-S. : Bravo pour le mail. Tu m'impressionnes vraiment avec tes tournures de phrase ! Si j'étais un gars, je sortirais avec toi ! Lol ! JTM !

À : Léa_jaime@mail.com
De : Marilou33@mail.com
Date : Samedi 17 octobre, 13 h
Objet : Malchance
1 pièce jointe : Réponse Cédric

Je suis la fille la moins chanceuse du monde. Ça, ou alors je ne suis pas attirée vers les bons gars. Je suis sans voix. Je t'ai envoyé la réponse de Cédric en pièce jointe. C'est qui, ce garçon ? Don Juan ? Il a toujours une blonde ! Il est pire que ton frère ! Argh !

Pièce jointe :

Salut, Marilou.
J'avoue que je n'attendais plus de tes nouvelles. Quand j'ai vu que tu ne me répondais pas, j'ai cru que tu n'étais pas intéressée.

Malheureusement, j'ai commencé à sortir avec une fille de ma classe la semaine passée. Je ne sais pas trop où ça nous mènera, mais je ne veux pas être malhonnête et je crois que tu mérites de le savoir.

Désolé... et au plaisir de te recroiser bientôt. ;)
Cédric

À : Marilou33@mail.com
De : Léa_jaime@mail.com
Date : Samedi 17 octobre, 13 h 33
Objet : Re : Malchance

Oh non ! Pauvre Lou ! Je suis vraiment désolée. Décidément, vous n'êtes pas destinés à sortir ensemble... :'(

C'est vrai qu'il a toujours une blonde, mais si je peux me permettre (ne te fâche pas)... Tu as joué avec le feu en attendant deux semaines pour lui répondre ! Ma mère me dit toujours qu'on apprend de nos erreurs. La prochaine fois, tu accepteras son invitation sans tarder. ;) Et ne désespère pas : je sais que tu rencontreras le BON gars, celui qui va te rendre tellement heureuse que je vais en être jalouse ! Lol !

Toujours pas de nouvelles de Thomas... Soupir. J'ai des papillons (pas les gentils papillons, mais plutôt les gros papillons de nuit qui nous font peur) dans le ventre. :(
Léa

À : Léa_jaime@mail.com
De : Thomasrapa@mail.com
Date : Dimanche 18 octobre, 15 h 15
Objet : Re : Mise au point

Chère Léa,
Excuse-moi de ne pas t'avoir répondu avant. La vérité, c'est que j'avais besoin de réfléchir un peu. Au cours des derniers mois, je t'ai demandé à plusieurs reprises d'être patiente, mais je sens que tu veux toujours plus. Je sais aussi que ce n'est pas ta faute : tu es passionnée et tu veux vivre des sensations fortes... et même si je t'aime beaucoup et que tu m'as fait découvrir des tonnes de choses, je ne crois pas être la personne qu'il te faut.

Si tu n'habitais pas à Montréal, les choses seraient peut-être différentes, mais je trouve qu'on est trop jeunes pour se lancer dans une relation à distance. J'aurais dû te le dire en août, mais je ne voulais pas te perdre, ni te faire de la peine. J'espère que tu comprends.

Je sais que c'est beaucoup demander, mais tu comptes vraiment pour moi, alors j'espère qu'on pourra rester amis.
Thomas

À : Marilou33@mail.com
De : Léa_jaime@mail.com
Date : Dimanche 18 octobre, 15 h 52
Objet : URGENCE !

Où es-tu ? Pourquoi ça ne répond pas chez toi ? Pourquoi tu n'es pas en ligne ?!? Thomas vient de m'écrire. Il a cassé avec moi. J'ai tellement de peine, c'est comme si j'avais un trou dans la poitrine.

Appelle-moi !
Léa

À : Thomasrapa@mail.com
De : Léa_jaime@mail.com
Date : Dimanche 18 octobre, 19 h 02
Objet : Deuxième chance ?

J'ai tellement mal. Je n'arrive pas à comprendre ta décision. Je sais que tu m'aimes, Thomas. Je n'ai pas rêvé, quand même ! Est-ce que c'est parce que tu as rencontré une autre fille ? Est-ce que c'est à cause de Sarah ? Thomas, tu ne peux pas me faire ça. Je t'en supplie, laisse-nous une deuxième chance !!! Je ne sais pas comment vivre sans toi !

À : Léa_jaime@mail.com
De : Thomasrapa@mail.com
Date : Dimanche 18 octobre, 20 h 20
Objet : Je m'excuse

C'est trop intense, Léa. J'ai à peine seize ans, et je ne veux plus être dans une relation comme ça. Je m'excuse. C'est vraiment fini.

Sarah n'a rien à voir là-dedans. C'est une bonne amie, rien de plus.
Thomas

Lundi 19 octobre

17 h 30

Léa (en ligne): Thomas, es-tu là? J'ai juste besoin de te parler deux minutes.

17 h 32

Thomas (en ligne): Je suis là... Comment ça va?

17 h 33

Léa (en ligne): Mal, tellement mal. Thomas, repense à tout ce qu'on a vécu ensemble! Tu ne peux pas me laisser comme ça. Donne-nous une chance jusqu'à Noël, et on verra en se voyant. Je suis sûre que si je suis en face de toi, je vais pouvoir te convaincre de rester avec moi.

17 h 35

Thomas (en ligne): Moi aussi, j'ai de la peine, Léa, mais tu sais comme moi que ce n'est pas possible. On ne veut pas les mêmes choses, on n'aime pas les mêmes choses, et je ne t'aime plus comme avant... Je m'excuse.

17 h 36

Léa (en ligne): Mais si tu me donnais une chance, ça redeviendrait comme avant!

17 h 36

Thomas (en ligne): Non, Léa. Ne rends pas ça plus difficile, S.T.P.. Je dois y aller, maintenant.

17 h 37

Léa (en ligne): NON! Attends! Je suis sûre qu'on peut régler nos problèmes! S'il te plaît!!!

17 h 37

Thomas (hors ligne): Thomas est hors ligne. Il recevra votre message lors de sa prochaine connexion.

À : Léa_jaime@mail.com
De : Marilou33@mail.com
Date : Mardi 20 octobre, 13 h 00
Objet : Tu survis ?

Allo, ma chouette,
Comment vas-tu ? Tu n'avais pas l'air de filer mieux hier soir. :(Je sais que tu es déçue et que tu as de la peine, mais je suis sûre que tu rencontreras quelqu'un qui te traitera beaucoup mieux que Thomas. Il ne connaît pas sa chance et tant pis pour lui. :)
Si tu veux, on peut fonder un nouveau club anti-garçons !
Lou xx

À : Marilou33@mail.com
De : Léa_jaime@mail.com
Date : Mercredi 21 octobre, 17 h 00
Objet : Vive le club anti-garçons !

Salut, Lou,
Ouais, je survis. Dimanche et lundi ne sont plus que des souvenirs troubles dans ma tête. Hier soir, je suis rentrée de l'école avec les yeux rouges et bouffis. Ma mère m'a demandé ce qui n'allait pas et j'ai fondu en larmes. C'est la première fois que je pleure autant devant elle. Elle m'a prise dans ses bras comme quand j'étais petite et elle m'a bercée jusqu'à ce que je me

calme. Je sais que ça sonne niaiseux, mais il n'y a rien comme une mère pour nous réconforter quand on se sent aussi triste.

Je lui ai raconté les derniers incidents avec Thomas qui ont mené à notre rupture.

Ma mère : Je suis désolée, Léa. Je sais que c'est difficile, mais d'un autre côté, je pense que Thomas a raison. Votre relation n'avait pas d'avenir. Ta vie est ici, à présent ! Et tu as seulement quatorze ans. Tu as le temps de retomber en amour trente fois dans ta vie !
Moi : Non ! C'était Thomas, mon grand amour. Je n'aimerai jamais personne comme lui.
Ma mère : Le premier amour est toujours très marquant, Léa. C'est normal que tu aies de la peine. Je sais que tu te souviendras toujours de lui, mais ma chérie, je te promets que bientôt, ça arrêtera de faire mal, et qu'un jour, tu tomberas amoureuse de quelqu'un d'autre.

J'ai étouffé mes sanglots et je lui ai jeté un regard plein d'espoir.

Moi : Comment le sais-tu ?
Ma mère : Parce que j'ai eu un Thomas, moi aussi. Et j'ai pleuré pendant des semaines quand il m'a laissée tomber ! Mais mon cœur a fini par cicatriser et j'ai rencontré quelqu'un d'autre quelques mois plus tard.
Moi : Qui ça ? Papa ?

Ma mère : Oh non ! J'ai eu plein de chums avant ton père ! Chacun connaît un parcours différent, Léa, mais une chose est certaine : Thomas n'est pas le dernier gars dont tu tomberas amoureuse.

Je ne m'attendais pas à me confier autant à ma mère, et même si ses paroles d'encouragement m'ont fait du bien sur le coup, ça fait toujours aussi mal. Chaque matin, je me réveille avec un trou dans la poitrine et j'ai l'impression qu'une partie de moi m'a été arrachée. J'ai du mal à me concentrer en classe et je n'ai aucune envie de faire des efforts de sociabilité avec les gens du journal, ni même avec Jeanne. Je voulais annuler ma présence de samedi au barbecue, mais ma mère me force à y aller « pour me changer les idées ».

Elle dit aussi que la douleur s'apaise avec le temps. J'avoue que si je pouvais appuyer sur un bouton d'avance rapide, je le ferais sans hésiter.
Léa xox

À : Léa_jaime@mail.com
De : Marilou33@mail.com
Date : Vendredi 23 octobre, 23 h 02
Objet : Je l'ai toujours su...

Je sais que ce n'est pas ce que tu as envie d'entendre, mais j'ai toujours su que Thomas allait finir par te briser le cœur. Ça se sentait dès le début de votre relation. Tu t'es emballée, et je t'ai laissée faire, mais je ne te sentais jamais complètement toi-même avec lui. C'est comme si tu essayais d'être la fille de ses rêves et que tu cherchais à lui plaire à tout prix.

Si ça peut te consoler, j'ai croisé Thomas en sortant de l'école et il avait l'air assez piteux lui aussi.

Lui : Salut. J'imagine que tu as appris la nouvelle.
Moi : Ouais. Je sais que t'as brisé le cœur de ma meilleure amie.
Lui : Ce n'est pas aussi simple, Marilou. J'ai de la peine, moi aussi, mais ce n'était plus possible entre nous deux.
Moi : Parce que tu es trop occupé à draguer Sarah Beaupré !
Lui : Non ! Parce qu'on est trop jeunes et elle est trop loin. J'ai ma vie ici, moi. En tout cas, pense ce que tu veux. Peux-tu au moins me dire comment elle va ?
Moi : Elle survit, mais je pense que si tu avais eu la décence de casser avec elle quand elle était ici, elle aurait préféré se faire réconforter par sa meilleure amie. Bonne vie, Thomas.

Et vlan ! J'espère que tu es fière de moi. Je m'en fiche qu'il soit triste, et je ne vais certainement pas commencer à le défendre et à le prendre en pitié !

Je pense aussi que c'est une bonne idée que tu ailles au barbecue au lieu de rester seule chez toi. J'aimerais

être avec toi en ce moment pour te faire rire un peu. Je serais même prête à faire l'imitation de Monsieur Patate qui t'avait fait faire pipi dans ta culotte l'année dernière. :)
Dors bien, et n'oublie pas que ta *BFF* est toujours là pour toi !
Lou x

À : Marilou33@mail.com
De : Léa_jaime@mail.com
Date : Dimanche 25 octobre, 11 h 10
Objet : Kleenex et yeux bouffis

Merci, Lou ! Même de loin, tu as réussi à me faire rire. Et merci aussi d'avoir défendu mon honneur auprès de Thomas. Tu ne l'as jamais aimé, et je pense que c'est le moment ou jamais de sortir ton fiel ! Lol. Et je sais que tu l'as toujours su, mais je pense que l'amour rend aveugle. Et même si j'ai de la peine et que je lui en veux, une grosse partie de moi l'aime encore. :(Si je pouvais appuyer sur un bouton pour arrêter de l'aimer, je te jure que je le ferais.

J'ai finalement décidé de faire un tour au barbecue. Ça m'a tout pris pour me sortir du lit. Ma mère a dû intervenir pour m'arracher les kleenex des mains et me maquiller un peu les yeux. (J'ai tellement pleuré que ça a provoqué une sorte d'allergie. J'ai des enflures sur

les paupières et je ressemble à un monstre bouffi. Ce n'est vraiment pas ma semaine...) Je lui ai répété que ça faisait trop mal et que je n'avais envie de rien faire, mais elle m'a assise de force dans la voiture et elle est allée me conduire chez Jeanne.
La plupart des invités étaient déjà sur la terrasse lorsque je suis arrivée. Maude n'a pas pu s'empêcher de lancer un commentaire disgracieux sur mon apparence, mais je l'ai complètement ignorée. Je me suis assise dans un coin et j'ai suivi les conversations d'un air absent. Jeanne s'est rendu compte que je ne filais pas et elle est venue s'asseoir près de moi.

Jeanne : Qu'est-ce qui se passe ? Tu as eu l'air triste toute la semaine. Tu t'ennuies de chez toi ?
Moi : Non, ce n'est pas ça... Mon chum a cassé avec moi le week-end dernier et je trouve ça difficile. Je m'excuse, je sais que j'ai une face de bœuf. Je n'aurais peut-être pas dû venir.
Jeanne : Oh non ! Ma pauvre ! Pourquoi ne m'en as-tu pas parlé avant ?
Moi : Je ne sais pas... Je ne voulais pas t'embêter avec mes problèmes.
Jeanne : Voyons, Léa ! Tu aurais dû m'en parler !

Lydia et Sophie se sont alors tournées vers nous d'un air curieux. Jeanne leur a fait un petit résumé. À ma grande surprise, elles m'ont lancé un regard plein de compassion.

Sophie : Je suis désolée, Léa. Je suis passée par là en secondaire 1. Ça fait mal, une peine d'amour.
Lydia : Tu parles ! Mon chum a cassé cet hiver et je n'arrive toujours pas à l'oublier.
Moi : Ah oui ? Moi, j'ai du mal à me concentrer en classe et on dirait que je n'arrive pas à penser à autre chose.
Lydia : Je te comprends !
Sophie : Moi aussi !
Jeanne : OK, les filles, c'est un peu déprimant, votre affaire ! Vous voyez ? C'est pour ça que je dis que les gars sont trop compliqués. Vous pouvez maintenant vous joindre à mon groupe de célibataires endurcies et arrêter de pleurer à cause d'eux !

Sa remarque nous a fait rire. Maude s'est tournée vers nous et m'a jeté un regard glacial. Sophie et Lydia se sont aussitôt précipitées vers elle. Je savais qu'elle était jalouse parce que ses amies m'accordaient de l'attention, et comme je n'avais pas envie de me mesurer à elle, j'ai prétexté une envie de pipi et je suis rentrée à l'intérieur. Je suis aussitôt tombée face à face avec Marianne et Éloi, qui faisaient leur entrée ensemble. J'ai encore ressenti un petit pincement au cœur. Je pense que j'ai peur de perdre mon amitié avec lui s'il se rapproche trop d'elle. Je les ai salués et j'ai proposé aux parents de Jeanne de les aider à mettre la table.

Le reste de la journée s'est plutôt bien déroulé, et, au moment où je m'apprêtais à rentrer chez moi, Éloi est venu se poster à côté de moi.

Lui : Il paraît que ça ne va pas trop bien.
Moi : Les nouvelles vont vite !
Lui : Ouais... Sophie en a parlé à Marianne, qui m'en a parlé. Ça va ?
Moi : Moyen, mais je n'ai pas trop envie de parler de ça. Et toi ? Tu as commencé à fréquenter Marianne ?
Lui : Plus ou moins... C'est cool de la retrouver cette année et on passe beaucoup de temps ensemble. On verra bien.
Moi : Mmh... Bon, je vais y aller, moi. Je suis vraiment fatiguée. On se voit lundi, au local du journal !
Lui : Léa ?
Moi : Oui ?
Lui : Je voulais juste te dire que je suis là pour toi. Je sais que tu te sens seule des fois, mais tu peux vraiment compter sur moi. Et je te promets que je ne dirai rien aux filles. (Il m'a fait un clin d'œil.)
Moi : Merci, Éloi. C'est gentil.
Lui : Et je sais que tu n'as pas le cœur à la fête, mais ce serait cool si tu venais au party d'Halloween vendredi. Tu pourrais te déguiser en monstre et faire peur à tout le monde pour te défouler.
Moi : Ha, ha ! L'offre est alléchante. Je vais y penser. Bonne soirée, Éloi.

Aujourd'hui, il pleut et je n'ai aucune intention d'aller dehors; je pense plutôt passer la journée avec une boîte de biscuits, une couverture et la saison 2 de *Gossip Girl*.

Ton amie déprimante
Léa xox

À : Léa_jaime@mail.com
De : Marilou33@mail.com
Date : Dimanche 25 octobre, 13 h 33
Objet : Tiens bon !

Pauvre Léa ! Tiens bon ! J'arrive dans deux semaines et je te promets de te changer les idées ! Ma compétition est samedi matin, alors on aura le reste de la journée et tout le dimanche pour passer du temps ensemble et profiter de la ville.
En attendant, essaie de te distraire le plus possible et ne t'isole pas trop ! Je te connais, et je sais que tu es du genre à te renfermer sur toi-même quand tu as de la peine, mais laisse la chance aux autres de t'aider un peu. OK ?

En passant, je sais que certaines chanteuses comme Taylor Swift s'inspirent de leurs histoires d'amour pour écrire leurs chansons. Tu pourrais faire la même chose avec ton article. C'est une idée comme ça, histoire de changer le mal de place. ;)

Je sais que l'amour rend aveugle, et je m'excuse si je suis un peu dure des fois. La vérité, c'est que je n'ai jamais été en relation et que je ne sais pas trop comment ça fonctionne, mais je peux m'imaginer ta peine...
Lou xx

À : Marilou33@mail.com
De : Léa_jaime@mail.com
Date : Mardi 27 octobre, 20 h 34
Objet : Tu es géniale !
1 pièce jointe : 2e article pour le journal étudiant

Lou, tu es géniale ! J'ai suivi ton conseil et j'ai décidé de m'inspirer de la peine que je ressentais pour écrire une sorte de poème pour le journal ! J'ai décidé de rester anonyme pour celui-ci, parce que je le trouve très personnel. Je l'ai déjà envoyé à Annie-Claude et à Éric parce que l'échéance est demain. Je te l'ai envoyé en pièce jointe, alors dis-moi ce que tu en penses. :) Ça m'a défoulée de l'écrire, et je sens que je respire mieux pour la première fois en dix jours !

Pour le reste, ne t'en fais pas, je suis sûre que tu rencontreras un Cédric #2 qui n'aura pas de blonde et qui te rendra super heureuse ! Mais tiens-toi loin des gars un peu détachés au regard sombre qui travaillent dans des garages... ;)
Léa xox

Pièce jointe :

Peine d'amour

Quand on s'est connus, je sentais que j'avais la tête dans les nuages. Je croyais que tout était possible et qu'ensemble, nous pouvions aller jusqu'au bout du monde.
Je me fichais des malheurs du quotidien, des tremblements de terre et de la fin du monde parce que je me sentais en sécurité avec lui et je savais que je pouvais me réfugier dans ses yeux.

Quand il m'a dit que c'était terminé, mon cœur a cessé de battre et j'ai senti un coup dans ma poitrine. Il venait de m'enlever mon bonheur et de m'arracher mon soleil et ma joie de vivre. On dit que l'amour est le plus grand don de l'univers, et aujourd'hui, je dois composer sans lui.

Je dois aussi réapprendre à respirer toute seule et à retomber sur mes pattes. Je sais que le temps arrange les choses, mais j'aimerais qu'il y ait un moyen de le faire avancer plus vite, ou qu'il existe un onguent magique que je puisse appliquer sur mon cœur pour qu'il guérisse.
Je sais aussi que le premier amour est le plus foudroyant, mais personne ne m'avait mise en garde contre le premier échec amoureux. Il est si vif et si ardent que je sais qu'il laissera des traces jusqu'à la fin de mes jours.
Anonyme

À : Léa_jaime@mail.com
De : Marilou33@mail.com
Date : Mercredi 28 octobre, 18 h 23
Objet : T'es bonne !

Léa ! Tu es tellement bonne ! J'en ai encore les larmes aux yeux... Wow ! En tout cas, on pourra dire que Thomas aura été utile à une chose : te faire écrire ! Je sais que tu écris parfois des trucs dans ton petit cahier de notes et que tu aimes faire des dissertations (t'es folle ! Lol !), mais tu n'osais jamais écrire de cette façon-là avant, et je suis très fière de toi !

Tu as raison pour Cédric #2. Je sais (j'espère) que je vais (sûrement) finir par rencontrer un gars, mais, pour l'instant, on dirait que tous ceux qui m'intéressent sont pris, et que tous ceux qui sont libres ne s'intéressent pas à moi. :(Je sais que je ne suis pas Blake Lively, mais il me semble que je ne suis pas horriblement laide non plus ! Lol !
Tu me diras comment les gens du journal ont réagi ! Ils ont dû triper en lisant ton texte. Et n'hésite pas à sortir du placard et à mettre ton nom en bas de ton texte. C'est super beau ce que tu as écrit, et ce serait plate que quelqu'un (genre Maude) en prenne le crédit à ta place.
Lou xx

À : Marilou33@mail.com
De : Léa_jaime@mail.com
Date : Jeudi 29 octobre, 17 h 14
Objet : Argh !

Salut, Lou,
Tu es loin d'être horrible, ma chère : tu es même la plus belle fille que je connaisse. Les gars sont juste trop cons pour le voir ! Je suis tellement contente que tu t'en viennes ici ! On va pouvoir les haïr ensemble ! Mouahaha !

Merci pour les compliments... Les gens du journal étaient très touchés par mon texte. Éloi et Éric m'ont aussi conseillé de le publier sous mon nom. J'ai fini par me laisser convaincre, mais ça me gêne beaucoup. Maintenant, toute l'école va savoir que la nouvelle (rejet) de secondaire 3 s'est fait laisser par son chum. Mais d'un autre côté, je me dis que je ne peux pas descendre plus bas dans l'échelle sociale, et, comme dit Félix : « toute publicité est une bonne publicité ».
Parlant de lui, je l'ai surpris aujourd'hui dans MA cafétéria (il n'a rien à faire là !) en train de parler à Katherine. Je sais qu'il la trouve belle, mais je l'avais prévenu de l'aimer de loin. J'ai assez de problèmes comme ça avec la gang des nunuches. Quand il m'a vue, il l'a saluée de la main et il est venu vers moi.

Moi : Qu'est-ce que tu fais ici et pourquoi tu parles à Katherine ?

Félix : Ben là, les secondaires 5 ont le droit de venir ici. C'est surtout vous qui n'avez rien à faire dans notre aile.
Moi : Félix, tu ne réponds pas à ma question.
Félix : Je passais par ici et je voulais saluer ma petite sœur.
Moi : Félix !
Félix : Quoi ? C'est vrai ! Tu n'arrêtes pas de te plaindre que tu n'as pas d'amis, alors je me suis dit que ça t'aiderait que les gens te voient avec moi...
Moi : Pour qui tu te prends ? Taylor Lautner ?
Félix : C'est qui ça ?
Moi : (Soupir.) Laisse tomber. Et ta présence n'a rien à voir avec elle ? (J'ai pointé Katherine du menton.)
Félix : Non, je suis tombé sur elle par hasard. Je lui ai juste dit bonjour au passage. Elle est toujours aussi belle !
Moi : Bon, tu peux y aller maintenant, je pense que tout le monde nous regarde. Tu as accompli ta mission.
Félix : Qu'est-ce que je ne ferais pas pour toi ?

Il m'a fait un clin d'œil et il est parti. Le groupe des nunuches (sauf Jeanne) le regardait presque en bavant. Je suis allée m'asseoir avec Annie-Claude et Julie qui se sont aussitôt tournées vers moi :

Annie-Claude : Oh ! Mon ! Dieu ! Tu connais Félix Olivier !
Moi : (Triple soupir.) Oui, c'est mon frère.

Julie : Ben là ! Il fallait que tu le dises plus tôt ! Toutes les filles de l'école tripent sur lui ! On ne savait pas que c'était ton frère ! Il me semble que vous ne vous ressemblez pas tant que ça...
Moi : Merci. J'ai dû hériter des gènes repoussants.
Julie : Ha, ha ! Ben non ! T'es super belle ! Je disais juste que je n'avais pas fait le lien. Vas-tu pouvoir nous inviter chez toi pour qu'on puisse l'admirer de plus près ?

Je me suis contentée de sourire. Marilou, peux-tu croire ça ? Les deux seules filles avec qui je m'entends bien (à part Jeanne, mais elle se tient avec les nunuches) sont aussi tombées sous le charme de mon frère ! Et là, j'ai peur qu'elles m'utilisent pour essayer de se rapprocher de lui. Je ne veux pas être leur bouche-trou, ni accorder encore plus d'importance à Félix. C'est tellement injuste ! Comme tu t'acharnes à me répéter que tu n'es plus amoureuse de lui (j'espère sincèrement que c'est vrai pour ta santé mentale ! Lol !), je me suis dit que tu rirais en lisant ça !
Je te laisse, mon héros de frère vient justement d'arriver et il veut qu'on aille jouer sur la Wii ensemble. Les filles de mon école paieraient cher pour être à ma place ! Lol !
Léa xox

Jeudi 29 octobre

20 h 01

Éloi (en ligne): Toc ! Toc !

20 h 01

Léa (en ligne): Qui est là ?

20 h 02

Éloi (en ligne): L'homme de tes rêves ! Lol !

20 h 03

Léa (en ligne): Lol ! Comment vas-tu ?

20 h 04

Éloi (en ligne): Bien ! Je suis en train de finir mon devoir de maths. Il paraît que tu as créé tout un émoi à la cafétéria !

20 h 06

Léa (en ligne): Tu veux dire que mon frère a créé un émoi ! Je ne pense pas avoir autant d'effet auprès des gars. ☹

20 h 07

Éloi (en ligne): Ben non! C'est juste qu'avant, tu n'étais pas célibataire.

20 h 09

Léa (en ligne): Ouais, mais là, avec l'article que je m'apprête à publier, je pense que tout le monde va le savoir. J'aurais peut-être dû mettre mon numéro de téléphone sous mon nom! Lol!

20 h 11

Éloi (en ligne): Ha! Je suis content que tu le prennes en riant! Ça veut dire que tu vas mieux. Est-ce que je peux en conclure que tu as décidé de venir au party d'Halloween de demain?

20 h 13

Léa (en ligne): Je ne sais pas encore. Toute l'école va être là, et je ne connais personne. Je ne veux pas avoir l'air rejet.

20 h 18

Éloi (en ligne): Tu ne seras pas rejet! Tu seras avec moi, Annie-Claude et Julie. Allez! Ça serait super cool que tu viennes! Je sais que c'est un peu nul qu'ils organisent ça dans le gymnase, mais c'est quand même le fun de voir tout le monde déguisé! On pensait se rejoindre chez Annie-Claude et s'y rendre tout le monde ensemble.

20 h 20

Léa (en ligne): Bon, OK! Mais vous n'avez pas le droit de rire de mon costume! Je suis allée magasiner avec ma mère, et tout ce qu'il reste, c'est un déguisement de chat. Pas *full* original.

20 h 22

Éloi (en ligne): Au contraire! Et je trouve que ça représente bien ton caractère. ;) L'important, c'est que tu viennes! Bon, j'y vais! Il faut que je finisse mon devoir. À demain, Léa! xx

20 h 22

Léa (en ligne): ;) À demain. xx

Chapitre 7
Halloween et autres horreurs

Le Blog de Manu

Inscris un titre : Jalouse de mon frère

Écris ton problème : Bonjour, Manu ! Je t'écris parce que je me sens un peu jalouse de mon frère. Toutes les filles le trouvent beau et tous les gars l'admirent. On s'entend quand même assez bien (on a juste deux ans de différence), mais des fois, ça m'énerve qu'il ait tout cuit dans le bec et qu'il soit si parfait, parce que ça me fait sentir comme une moins que rien. ☹

Quand j'en parle à mes parents, ils me disent qu'ils nous aiment également tous les deux et que j'ai moi aussi mes qualités, mais j'ai souvent l'impression de me faire éclipser par mon frère. J'ai aussi peur que les filles de mon école se servent de moi pour le voir et se rapprocher de lui. Je ne sais vraiment pas quoi faire. Que me conseilles-tu ?
Léa

Manu répond à deux questions par semaine. Tu seras peut-être choisie...

À : Léa_jaime@mail.com
De : Marilou33@mail.com
Date : Vendredi 30 octobre, 16 h 47
Objet : Ton frère, ce héros !

Ah ! Léa ! Tu sais bien que les charmes de ton frère ne t'enlèvent rien. Et sérieusement, si ça peut t'aider qu'il soit aussi beau et cool (ne lui enlevons rien), pourquoi ne pas en profiter ? Je comprends que ça t'énerve, mais tu peux aussi voir ça du bon côté ! Et pour répondre à ta question : oui, je le trouve encore beau et vraiment gentil, mais j'ai mis une croix sur lui l'année dernière quand il nous a demandé de l'accompagner au cinéma. Je te jure que j'avais réussi à m'imaginer avoir une chance avec lui... mais lorsque je l'ai vu arriver en tenant une autre fille par la main, j'ai compris que ce n'était que mon imagination. J'ai arrêté de me faire des idées et j'ai vu la réalité en face : ton frère ne s'intéressera jamais à moi et me percevra toujours comme la *best* de sa petite sœur. Ça m'a fait beaucoup de peine, mais je ne pouvais quand même pas continuer à l'aimer en secret pendant dix ans ! Sinon, je sais que j'aurais eu droit à une intervention de ta part. Lol !

As-tu décidé d'aller au party d'Halloween ? Je pense que tu devrais y faire un tour et en profiter pour avoir un peu de plaisir avec tes amis au lieu de penser à tu-sais-qui. D'ailleurs, Steph a décidé d'organiser une petite fête chez elle demain soir. On va se déguiser et faire peur aux jeunes qui viennent chercher des bonbons ! Plus

tard en soirée, d'autres gens viendront nous rejoindre pour faire le party. Je lui ai demandé si Thomas serait là, et elle m'a dit qu'elle n'avait pas eu le choix de l'inviter parce que c'est le meilleur ami de Seb. Ça ne me tente vraiment pas de le voir, mais comme nous avons des amis en commun, je ne peux pas faire autrement. Je te promets de lui faire des gros yeux toute la soirée pour qu'il se sente VRAIMENT mal ! Lol ! En plus, Seb a invité JP sans savoir que Steph avait invité Laurie, alors ça s'annonce super joyeux comme soirée ! Mais je tiens bon, parce que dans une semaine je pars à Montréal pour ma compétition et je vais TELLEMENT me défouler dans les magasins avec ma *best* ! Lol !
Donne-moi des nouvelles et amuse-toi ce soir si tu te décides à y aller ! Tu le mérites !
Lou

À : Marilou33@mail.com
De : Léa_jaime@mail.com
Date : Samedi 31 octobre, 13 h 30
Objet : Quelle soirée !

Salut, Lou,
J'avoue que ça me fait un choc de lire le nom de Thomas dans tes mails, et je suis un peu nerveuse à l'idée que tu le voies ce soir. Je te fais confiance et je sais que tu lui feras sentir qu'il ne me mérite pas, mais quand même. J'aimerais déjà être immunisée contre lui et rester insensible quand on fait mention de son nom,

mais ce n'est pas aussi simple. Jeanne m'a souligné que c'était au moins une bonne chose qu'il habite loin parce que je n'ai aucune chance de le croiser. Je crois qu'elle a raison. Je ne sais pas si ça va m'aider à l'oublier plus vite, mais j'aimerais ça. Tu me raconteras la soirée en détail, OK ? Et n'essaie pas trop de me ménager. J'aime autant savoir la vérité... même si elle fait mal. :)

J'ai finalement décidé de me botter le derrière et de me rendre au party d'Halloween avec Éloi, Annie-Claude et Julie. Ma mère m'a aidée à me maquiller pour que mon costume n'ait pas l'air trop misérable, mais je persiste à croire que j'avais plutôt l'air d'un chat de gouttière. Félix s'est déguisé en Jack Sparrow dans *Pirates des Caraïbes*. Tu peux imaginer l'effet que ça a eu sur ses groupies !

Le gymnase était super bien décoré et j'avais du mal à reconnaître les gens, ce qui m'aidait aussi à passer inaperçue. J'ai quand même réussi à repérer la bande de nunuches et la gang de José, tous assis sur une table. Jeanne est venue me saluer et je ne l'ai même pas reconnue dans son costume de magicienne !

Jeanne : Salut ! Tu t'amuses ?
Moi : C'est moins pire que je le pensais. J'avoue que je suis impressionnée par les décors. Je ne t'avais pas vue avec le reste de ta gang. Tu viens d'arriver ?

Jeanne : Oui, juste à temps pour assister à une engueulade entre Maude et José parce qu'elle l'a surpris en train de regarder une autre fille.
Moi : Oh ! Mes sympathies. Si jamais tu as besoin d'une pause, tu sais où me trouver !
Jeanne : C'est sûr que oui ! Je dois aller la consoler dans les toilettes, mais je reviens tout de suite !

José et Alex sont apparus près de moi quelques instants plus tard.

José : Salut, Léa. T'es pas mal sexy dans ton costume. As-tu envie de danser ?
Moi : Hein ? Sexy ? Ah... euh... merci. (Pourquoi est-ce que je bafouille autant quand je suis nerveuse ? La honte !) Je vais passer mon tour pour la danse... Je ne suis pas très douée et je ne tiens pas à ce que Maude m'arrache les moustaches.
Alex : Veux-tu danser avec moi, d'abord ? Je ne suis pas super doué non plus, mais à deux, on devrait être capables de s'en tirer !
Moi : ... Euh..., OK.

On a dansé un peu maladroitement sur une chanson rock (comment est-on censé danser le rock ?), et ensuite il y a eu un *slow*. Mon cœur s'est mis à battre super vite. Je n'ai jamais dansé aussi collée avec personne d'autre que Thomas ! Je me suis laissée aller sur le rythme et j'ai fini par me détendre. Alex sentait les feuilles d'automne... (C'est un compliment ! Lol !) Vers la fin de la chanson, il a décollé sa joue de la mienne pour me sourire, et sa bouche a frôlé le coin de mes lèvres, ce qui m'a fait frissonner. Je lui ai rendu son sourire et je suis retournée m'asseoir avec Annie-Claude, qui m'a aussitôt fait un clin d'œil.

Elle : Mouais, je pense que le beau Alex te trouve de son goût !
Moi : Ben non. Alex drague tout le monde. On s'entend bien, c'est tout ! Où est Éloi ?
Elle : Devine !

Elle a aussitôt pointé vers un coin de la piste de danse. Éloi était en train de danser avec Marianne. Je ne comprends toujours pas ce qu'il lui trouve. Je sais qu'elle est belle, mais elle n'a jamais été particulièrement sympathique avec moi et je la trouve un peu (beaucoup) superficielle comme fille.

Le temps a ensuite filé assez rapidement, et Jeanne s'est jointe à nous pour parler et pour danser sur les chansons qu'on connaissait. Je m'apprêtais à rentrer chez moi lorsque Éloi m'a demandé de danser un *slow* avec lui. J'ai accepté en lui souriant et on s'est enlacés en se laissant entraîner par le rythme de la musique. Il me tenait fermement dans ses bras, et j'ai ressenti une sorte de tension entre nous deux. Un peu comme ce qui s'était passé dans le local du journal. J'ai levé mon visage vers lui et j'ai senti son souffle sur ma joue. J'ai encore frissonné, mais c'était différent d'avec Alex. Cette fois-ci, mon cœur battait super vite. J'ai regardé par-dessus son épaule et j'ai vu Marianne qui nous observait attentivement en chuchotant des choses dans l'oreille de Maude. J'ai compris qu'elle ressentait vraiment quelque chose pour Éloi et qu'elle me percevait comme son ennemie numéro un. Je n'avais aucune envie de me battre avec elle, et je ne tiens pas à mettre mon amitié avec Éloi en péril simplement pour la rendre jalouse.

Moi : Je pense que si Marianne avait des fusils dans les yeux, je serais morte en ce moment !
Éloi : Ah ! Laisse-la faire ! J'ai bien le droit de danser avec mon amie.
Moi : Est-ce que tu l'aimes ?
Éloi : Je ne sais pas. Est-ce que tu veux que je l'aime ?
Moi : Ben là, ce n'est pas à moi à décider ça ! Je veux que tu fasses ce que tu veux et que tu écoutes ton cœur.

Éloi a tourné son visage vers le mien. On dansait très lentement, et c'est un peu comme si le monde avait cessé d'exister autour de nous. J'avoue que c'est la première fois en deux semaines que je ne pensais pas à Thomas. Je me suis encore demandé s'il allait m'embrasser. J'étais un peu déchirée. Je savais que j'en avais envie, mais je n'avais pas le goût de vivre avec les conséquences, ni de me demander ce que ça voulait dire. La vérité, c'est que je pense que je voulais me sentir aimée ou désirée par quelqu'un. Notre moment d'intensité a été interrompu par les cris de Maude.

Maude : T'es vraiment con ! Je ne sais pas pourquoi je perds mon temps avec toi ! Je mérite quelqu'un qui me respecte et qui me traite comme une princesse !
José : Arrête d'exagérer ! Ce n'est pas comme si t'étais la meilleure blonde du monde. T'es jamais contente et je suis vraiment tanné de t'entendre te plaindre tout le temps.
Maude : Je ne me plaindrais pas si t'arrêtais de draguer toutes les filles de l'école. Je ne suis plus capable d'endurer ça ! Venez les filles, on part d'ici !

Maude est sortie du gymnase, suivie de près par Lydia et Sophie. Marianne est venue vers nous et m'a regardée comme si j'étais un déchet toxique.

Marianne : Éloi, je m'en vais d'ici. Est-ce que je peux te parler deux minutes ?
Éloi : Euh... Oui, mais je vais juste terminer ma danse avec Léa.
Moi : Non, non, c'est bon. Vas-y. Je suis fatiguée, de toute façon.

Je me suis détachée de lui et je suis allée rejoindre Annie-Claude et Julie. Jeanne s'est approchée de moi.

Jeanne : J'ai croisé Maude dans le couloir. Je n'ai pas envie de l'entendre s'apitoyer sur son sort, alors je crois que je vais rentrer chez moi.
Moi : Je te suis ! J'ai eu assez d'émotions pour une seule soirée. À lundi, les filles !

Jeanne et moi sommes sorties de l'école et nous nous sommes assises sur une table à pique-nique en attendant que nos parents viennent nous chercher.

Jeanne : Ce n'est pas ton frère qui embrasse une fille, là-bas ?
Moi : Oh ! C'est dur à dire parce qu'il fait sombre, mais je pense que oui ! C'est qui la fille ? Sûrement une groupie de secondaire 5...
Jeanne : OH MON DIEU ! Ce n'est pas une groupie ! C'est Katherine !

Tu peux imaginer le coup que ça m'a donné ! Mon père est arrivé au même moment, ce qui a interrompu le *french* de Katherine et Félix. J'ai dit au revoir à Jeanne en lui promettant de l'appeler aujourd'hui et je suis montée à bord de la voiture.

Mon père : Alors ma chouette, belle soirée ?
Moi : Difficile à dire. Tu me reposeras la question demain matin !

Je me suis douchée et couchée avant le retour de Félix, et je n'ai pas encore eu la chance de lui parler ce matin, mais compte sur moi pour lui dire ma façon de penser. Je lui avais demandé UNE seule chose, et il ne l'a pas respectée ! Conclusion : tu es extrêmement chanceuse d'avoir un petit frère au lieu d'un grand don Juan !

Je crois que j'entends du bruit dans sa chambre. Je vais en profiter pour aller lui parler. Essaie de te connecter plus tard, si tu peux, j'ai vraiment envie de te parler !
Léa xox

Samedi 31 octobre

13 h 42

Félix (en ligne): Je vais ouvrir ma porte quand tu vas arrêter de crier.

13 h 42

Léa (en ligne): Je vais arrêter de crier quand tu vas arrêter d'agir comme un con!

13 h 43

Félix (en ligne): Relax, Léa. C'était juste un *french*.

13 h 44

Léa (en ligne): Je pense que tu ne réalises pas que ces filles-là ne m'aiment pas. Et ce n'est pas en brisant le cœur de Katherine que tu vas m'aider!

13 h 45

Félix (en ligne): Premièrement, je pense que tu ne vois pas les choses du bon côté: si je me rapproche de Katherine et de ses amies, elles réaliseront à quel point je suis cool, et se demanderont certainement si on partage les mêmes gènes! Sans blague, je peux peut-être t'aider à te rapprocher d'elles en parlant en bien de toi. Mais pour ça, il faut que tu arrêtes de crier.

13 h 48

Léa (en ligne): Mais je ne veux PAS me rapprocher d'elles! Je veux juste qu'elles me laissent tranquille.

13 h 48

Félix (en ligne): Je m'en occupe!

13 h 48

Léa (en ligne): Et comment comptes-tu t'y prendre, Superman?

13 h 49

Félix (en ligne): En commençant par inviter Katherine ici pour que vous puissiez passer du temps ensemble. Tu l'as jugée trop vite. Elle est super cool!

13 h 50

Léa (en ligne): Tu veux dire que tu la trouves belle et que tu as préféré te laisser guider par tes instincts mâles au lieu d'écouter ta petite sœur. Fais ce que tu veux, Félix, mais ne me mêle pas à tes histoires. Je n'ai aucune envie de passer du temps avec elle. *Bye*.

À : Léa_jaime@mail.com
De : Marilou33@mail.com
Date : Dimanche 1er novembre, 10 h 26
Objet : Party plate...

Salut !
Wow ! Tu as eu toute une soirée vendredi ! J'ai énuméré mes commentaires pour qu'on s'y retrouve mieux :

1. Je pense qu'Alex te trouve de son goût, mais je ne sais pas si je l'aime ou non. Tu me connais, je ne suis pas facile à conquérir. :)
2. Je SAIS qu'Éloi te trouve de son goût, et je crois que vous formeriez le couple IDÉAL ! Mais bon, je sais ce que tu vas me dire : tu aimes encore Thomas ; il a l'air de triper sur Marianne ; c'est ton seul ami et tu ne veux pas le perdre ; etc. Malgré tout, je te le dis, je suis dans la *TEAM* ÉLOI ! Lol !
3. Pour ce qui est de ton frère, ça ne me surprend pas qu'il ait craqué pour Katherine ! Je pense qu'à partir du moment où tu lui as montré le fruit interdit (drôle d'analogie !), il a eu encore plus envie de l'embrasser ! Ne panique pas, parce que je pense que s'il la fréquente, ça t'aidera peut-être à mieux t'entendre avec elle et ses amies nunuches...

Pour ce qui est de mon party d'hier... c'était plate à mourir ! On s'est amusés à donner des bonbons en faisant peur aux enfants, puis on est descendus au

sous-sol pour attendre le reste du monde. Les parents de Steph nous avaient donné la permission d'inviter une quinzaine de personnes, mais finalement, il n'y en a que sept ou huit qui se sont déplacées. Laurie est arrivée juste après JP, ce qui a créé un froid assez intense qui nous a forcés à former un groupe de filles d'un côté et un groupe de gars de l'autre. Thomas a fait son apparition en dernier. Il m'a saluée, mais je l'ai complètement ignoré. Comme je n'arrêtais pas de regarder ma montre, j'ai prétexté un mal de tête et je suis rentrée chez moi. JP en a profité pour se sauver en même temps que moi. J'ai tellement hâte d'être à vendredi ! Enfin un peu d'action dans ma vie ! Lol !
Et toi ? As-tu réussi à ne pas étriper ton frère ?
J'attends de tes nouvelles.
Ta *best* qui te serrera dans ses bras dans cinq petits jours !

À : Marilou33@mail.com
De : Léa_jaime@mail.com
Date : Lundi 2 novembre, 17 h 32
Objet : Il y a des lundis pires que d'autres

Salut, Lou !
Désolée que ton party ait été aussi ennuyeux, mais contente que tu aies ignoré Thomas. J'aime ta solidarité ! Lol ! Ça fait déjà deux semaines qu'on a cassé et que je suis sans nouvelles de lui. Je sais

que je ne devrais pas, mais j'espérais un peu qu'il finisse par craquer et qu'il m'appelle pour me dire qu'il regrettait sa décision. C'est drôle, mais comme je suis dans un autre environnement, on dirait que je ne réalise pas toujours que c'est vraiment fini, mais quand je m'arrête pour y penser ou que je me réveille en songeant à lui, ça me fait le même effet qu'une décharge électrique. J'essaie de me changer les idées, mais je dois t'avouer que ça m'est arrivé quelques fois d'être passée tout près de craquer et de lui téléphoner. Je suis donc contente que tu t'en viennes et que tu me tiennes fermement les mains pour m'empêcher de faire une niaiserie. ;)

Je suis arrivée à l'école ce matin et Annie-Claude s'est empressée de m'apprendre la grande nouvelle : Éloi sort officiellement avec Marianne. Je les ai même vus s'embrasser et se tenir par la main près du local du journal. Ça m'a un peu étonnée, mais ça confirme ce que je pensais : Éloi ne m'aime qu'en amie, alors même si tu es sa grande admiratrice, ça ne m'avancera pas à grand-chose ! J'avais une réunion ce midi avec le comité du journal, et j'ai un peu fait exprès de l'éviter. La tension de vendredi me met mal à l'aise, et je ne veux surtout pas qu'il aille s'imaginer que je suis amoureuse de lui et/ou jalouse de Marianne. J'ai assez d'avoir Maude dans les pattes sans devoir gérer Katherine et mon frère ou Éloi et Marianne ! Bref, je me suis dit que je prendrais un peu mes distances le temps de laisser retomber la poussière. Il a semblé s'en rendre compte parce qu'il est venu me voir après la rencontre.

Éloi : Salut, toi ! Ça va ? J'ai essayé de te joindre hier, mais tu n'étais pas en ligne.
Moi : Oui, ça va. Et toi ? Désolée, j'étais occupée hier.
Éloi : Qu'est-ce qui se passe, Léa ? Pourquoi tu m'évites depuis ce matin ? Si c'est à cause de Marianne, tu n'as pas à t'en faire... Je voulais justement te dire que...
Moi : Non, Éloi, ce n'est pas à cause de Marianne. En fait, c'est un peu à cause d'elle, mais je ne veux pas vraiment en parler. Mon seul ami et mon frère ont décidé de sortir avec deux filles qui ne m'aiment pas beaucoup au cours du même week-end, alors je veux simplement garder mes distances... Tu comprends ?
Éloi : Oui, mais ma relation avec Marianne n'a rien à voir avec toi, et il n'est pas question que je perde ton amitié à cause d'elle !
Moi : Je n'ai pas dit ça. Je préfère juste qu'on se voie ici, ou quand on est seuls tous les deux.

Éric nous a ensuite interrompus pour m'annoncer que mon texte sur les peines d'amour paraîtrait la semaine prochaine dans le numéro de novembre. J'ai profité de sa présence pour me sauver discrètement jusqu'à la cafétéria. Je sais ce que tu vas me dire :

tu crois que je suis jalouse parce qu'il sort avec une nunuche, mais ce n'est pas le cas, je te le jure ! Je n'ai simplement pas envie de me retrouver au centre de leur mélodrame… J'ai assez de pain sur la planche comme c'est là !

Après l'école, j'ai rencontré Jeanne pour une session express en anglais en prévision de notre test de vendredi. Je lui ai fait un résumé de mon week-end, et elle m'a appris que Maude était en pause avec José parce qu'elle ne tolère plus son comportement. Je ne peux pas la contredire là-dessus, car je l'ai vu à l'œuvre, et c'est vrai qu'il est plutôt dragueur pour un gars qui a une blonde. C'était le résumé de ma nouvelle vie à Montréal ! De l'action dans la vie de tous, sauf dans la mienne ! Lol !

Je nous ai préparé un petit plan en prévision de ta visite :

Vendredi soir : se relaxer avec des *Gossip Girl*, puisque tu as ta compétition le samedi matin.
Samedi p.m. : faire une virée de magasinage en ville ! J'y suis retournée plusieurs fois avec ma mère et mon frère, alors je commence à m'y retrouver un peu mieux. Mais sois sans crainte, nous aurons chacune une carte pour être certaines de ne pas nous perdre !
Samedi soir : mes parents veulent nous emmener dîner dans le Vieux-Montréal pour que tu puisses voir

à quel point c'est joli. Je te préviens tout de suite : Félix sera des nôtres ! Lol !
Dimanche matin : brunch Léa-Lou comme on avait l'habitude de se concocter quand je dormais chez toi ! Mes parents m'ont promis qu'ils me laisseraient manger plein de cochonneries sans rouspéter.
Dimanche p.m. : on pourrait aller se balader dans le quartier, ou alors prendre le métro et aller magasiner sur le boulevard Saint-Laurent, la rue Saint-Denis ou l'avenue du Mont-Royal. Une journée bien remplie et semi-touristique !
Dimanche soir : on dîne chez moi avec ma famille et on se loue des films !
Lundi matin : je te raccompagne à l'hôtel pour que tu puisses rejoindre le reste de ton équipe et rentrer en autobus avant de me rendre à l'école. Mes parents ont déjà accepté de me signer un billet de retard !

Qu'est-ce que tu en dis ? J'ai tellement hâte !
Léa xox

P.-S. : Tu as la même théorie que mon frère à propos de Katherine. Il croit lui aussi que sa nouvelle relation me permettra de tisser des liens avec « l'ennemie ». Je demeure sceptique parce qu'elle n'a pas l'air particulièrement encline à devenir mon amie, mais je te promets d'essayer.

À : Léa_jaime@mail.com
De : Katherinepoupoune@mail.com
Date : Mardi 3 novembre, 18 h 07
Objet : Salut

Allo, Léa,
Je sais qu'on ne se connaît pas beaucoup et que c'est sûrement un peu bizarre pour toi que je fréquente ton frère, mais je voulais te dire que je te trouve super fine et que ça me tente d'apprendre à mieux te connaître. Tu sais, tu ne t'en rends peut-être pas compte parce que Félix est toujours avec toi, mais il est vraiment formidable comme gars, et je tiens beaucoup à lui. Je suis *full* amoureuse de lui ! Alors j'espère que ça cliquera entre nous deux aussi et qu'on pourra se faire du fun en famille quand je viendrai chez vous.
Luv,
Katherine

À : Léa_jaime@mail.com
De : Marilou33@mail.com
Date : Mercredi 4 novembre, 7 h 42
Objet : Ha, ha !

Je voulais juste t'écrire un petit mot avant d'aller à l'école ! Je viens de lire le message que Katherine t'a envoyé et que tu m'as transféré hier... Je sais que ça te décourage et que tu trouves qu'elle beurre un peu (beaucoup) épais, mais je pense que c'est plein de bonne volonté. Dis-toi que c'est une autre victime des charmes de Félix, et qu'au fond, elle veut simplement lui plaire et te flatter dans le sens du poil pour que ça fonctionne entre eux. Je trouve qu'elle a l'air plutôt naïve et bien intentionnée, alors ne sois pas trop dure avec elle. Je sais que son adresse mail *katherinepoupoune* t'a découragée... et le luv aussi (sérieusement, ça sort d'où cette expression-là !?!), mais donne-lui une petite chance... ce n'est pas de sa faute si elle est poupoune ! Ha, ha !

J'espère qu'on pourra se faire du fun en famille le week-end, parce que j'y serai moi aussi ! Lol !

Je t'embrasse,
Luv (Ha, ha !)
Lou xxx

À : Marilou33@mail.com
De : Léa_jaime@mail.com
Date : Jeudi 5 novembre, 21 h 02
Objet : Demain !

Salut, Lou !
Désolée de ne pas t'avoir écrit avant, ni de t'avoir répondu en ligne, mais j'ai été super occupée par un travail de recherche et mon examen d'anglais de

demain. J'ai passé deux heures complètes avec Jeanne après l'école pour réviser toute la matière, et là, mon cerveau est officiellement mort. Lol ! Je ne peux pas être plus préparée, alors on verra ce que ça donne.

Mon frère a décidé d'inviter Poupoune à dîner hier soir, et j'avoue que ça s'est mieux déroulé que je ne le croyais, même si c'était un peu bizarre par moments. Devant mes parents, elle me parlait comme si j'avais deux ans d'âge mental et qu'elle était beaucoup plus mature que moi, mais quand on était seules toutes les deux, elle devenait naturelle et plutôt gentille. Bref, elle ne me tapait sur les nerfs que 50 % du temps ! Lol ! Mon frère a aidé mes parents à débarrasser la table (sûrement pour impressionner Katherine), et elle est montée dans ma chambre en attendant. Elle m'a posé plein de questions sur mon adaptation et j'avoue que je l'ai trouvée plus gentille que je pensais. Je m'attendais à ce qu'elle soit froide et superficielle comme Maude, mais elle m'a raconté qu'au début du secondaire 1, elle portait des broches et qu'elle était super rejet, elle aussi ! On a rigolé ensemble jusqu'à ce que Félix arrive. Ils m'ont invitée à regarder un film avec eux, mais je n'avais pas trop envie de jouer au chaperon, alors je les ai laissés seuls.

Ce midi, j'ai déjeuné avec Éloi dans le local du journal parce qu'il voulait que je l'aide à réviser son dernier article. C'était cool de se retrouver ensemble sans les autres (par « les autres », je veux dire Marianne) et de pouvoir rire avec lui sans me sentir observée par les nunuches. Tu vas me dire que je suis sans doute parano, mais depuis que Maude est en pause avec José, elle n'a rien d'autre à faire que de regarder les autres filles de façon mesquine et de parler dans le dos de tout le monde. Bref, je préfère ne pas me trouver dans son radar !

Je dois te laisser parce que je veux me coucher tôt pour être en super forme pour mon examen et pour ton arrivée ! Je t'attends au terminus à 18 h ! J'espère que le reste de ton équipe ne me déteste pas trop même si je lui enlève sa nageuse étoile pour tout le week-end ! Lol !

À demain ! J'ai hâte !!!!!
Léa xox

Samedi 6 novembre

11 h 22

Jeanne (en ligne) : Salut, Léa ! Je n'ai pas eu la chance de te parler après l'examen d'hier... Ça s'est bien passé ?

11 h 23

Léa (en ligne) : Moins pire que je le pensais ! Lol ! Sérieusement, j'ai eu de la difficulté à répondre à certaines questions, mais de façon générale, ça s'est mieux déroulé que le dernier examen. C'est bon signe. ☺

11 h 25

Jeanne (en ligne) : Cool ! Et tu verras que notre présentation orale sera géniale, elle aussi. ☺ Ton amie est bien arrivée ?

11 h 26

Léa (en ligne) : Oui ! Elle est à sa compétition en ce moment, mais je vais la retrouver dans une heure pour une virée de magasinage en ville ! J'ai hâte ! Voulais-tu te joindre à nous ?

11 h 28

Jeanne (en ligne): C'est super gentil de me le proposer, mais j'ai déjà quelque chose de prévu... Maude organise une soirée pyjama pour son anniversaire et je dois l'aider pour les préparatifs. Comme elle est très désespérée depuis qu'elle n'est plus avec José, je n'ose pas me désister à la dernière minute. ;) Je t'aurais invitée, mais je savais que ton amie était en ville...

11 h 31

Léa (en ligne): ...et que Maude ne me porte pas dans son cœur. ;) C'est correct, je comprends. Amusez-vous bien et on se voit à l'école lundi ! xx

11 h 31

Jeanne (en ligne): À lundi, Léa !

À : Léa_jaime@mail.com
De : Marilou33@mail.com
Date : Lundi 7 novembre, 20 h 42
Objet : ☹

Je suis de retour dans ma maison plate, dans mon village plate, avec mes amis plates. :(Le temps a filé trop vite, Léa. Merci encore pour le super week-end ! C'était génial de passer du temps seule avec toi et de découvrir Montréal ensemble. Je sais que tu trouves ça grand et que tu te sens seule par moments, mais moi, je te trouve chanceuse de recommencer à zéro... Je suis tellement tannée de fréquenter les mêmes personnes jour après jour. Vivement le cégep[L] pour convaincre mes parents de me laisser aller m'installer en ville avec toi. ;)

J'espère que le retour à la réalité n'a pas été trop difficile pour toi. Ne te laisse pas trop atteindre par Maude-la-pas-fine qui ne veut pas t'inviter à ses partys. Même si tu dis que ça ne te dérange pas, je sais que tu n'aimes pas ça déplaire aux gens et que tu aimes encore moins quand quelqu'un te déteste sans raison. ;) À mon avis, elle est jalouse de toi et je crois que tu ne devrais pas te laisser atteindre par ses sautes d'humeur. Même si tu ne le crois pas, tu es déjà entourée de plein de gens qui t'aiment et c'est tant pis pour elle si elle ne se rend pas compte que tu es extraordinaire ! Bon. J'arrête les louanges avant de te faire pleurer. Lol !

Je dois y aller, mes parents sont sortis et m'ont laissée avec mon petit frère qui me demande de l'attention toutes les deux minutes... Encore merci pour tout, Léa. T'es la meilleure *best* au monde !
Lou x

À : Marilou33@mail.com
De : Léa_jaime@mail.com
Date : Mardi 8 novembre, 18 h 54
Objet : Novembre... tu es tellement déprimant !

Lou ! Tu me manques tellement... Je te jure que quand tu es à Montréal, c'est un peu comme si ma vie était complète ! Je commence peu à peu à m'habituer à ma nouvelle vie ici, mais je sens qu'il me manque quelque chose... et cette chose, c'est toi ! Je suis d'accord pour mettre de la pression sur tes parents pour que tu viennes t'installer ici dès la fin de ton secondaire 5. Imagine ! On pourrait décorer notre appart comme on veut, dormir tard, regarder des séries toute la nuit !!!

En attendant, je suis de retour en secondaire 3 avec plein de gens que je connais à peine. :'(La bonne nouvelle, c'est que j'ai eu 75 % à mon examen d'anglais ! Je sais que ça ne sonne pas si extraordinaire, mais c'est une nette amélioration depuis le début de l'année et je me sens moins nulle qu'avant. J'ai remercié Jeanne, parce que je sais que je n'y serais jamais arrivée sans elle !

À partir de la semaine prochaine, nous allons devoir commencer à préparer notre présentation orale du début décembre, parce que j'ai encore beaucoup de chemin à faire pour qu'on me comprenne en anglais. Quand je parle, c'est comme si j'avais une patate chaude dans la bouche, et j'ai vraiment de la misère à prononcer des mots. Je te jure que ça sonne comme du russe ! Lol ! Et je ne veux pas trop faire honte à Jeanne, alors je me donne quelques semaines pour m'exercer.

Demain, c'est la parution du numéro de novembre du journal étudiant. Tu peux t'imaginer à quel point je suis nerveuse que tout le monde sache que je suis en peine d'amour ! J'aurais peut-être dû m'écouter et rester anonyme. Qu'est-ce que je fais si les gens me dévisagent et rient de moi parce qu'ils savent que j'ai été rejetée ? Je sais ce que tu penses : je ne devrais pas autant me laisser influencer par l'opinion des autres... Je répète que j'aimerais tellement être comme toi, des fois !

Et toi ? Le retour a été difficile avec Monsieur Patate ? Est-ce que Steph et Seb t'énervent autant que le week-end dernier avec leur amour éternel ? J'avais oublié de te le demander, mais est-ce que Laurie s'est enfin remise de sa déception avec JP ? As-tu des nouvelles de Thomas ? Me trouves-tu subtile avec ma série de questions ou as-tu vu clair dans mon jeu ? ;)
J'attends de tes nouvelles, tu me manques déjà !
Léa xox

Le Blog de Manu

Inscris un titre : Incapable de l'oublier

Écris ton problème : Salut, Manu ! Mon chum m'a laissée il y a quelques semaines et je suis sans nouvelles de lui depuis. Je sais que je devrais passer à autre chose et couper les ponts, mais je n'arrive pas à l'oublier, ni à mettre une croix sur lui.

Je me demande tout le temps s'il pense encore à moi ou s'il a de la peine, lui aussi. Je sais qu'avec la distance, notre relation était devenue plutôt difficile et qu'on se chicanait souvent, mais une partie de moi refuse de croire que c'est complètement terminé et donnerait n'importe quoi pour le ravoir. Mes amis croient que je devrais simplement l'oublier, mais je me demande parfois si je devrais l'appeler pour mettre les choses au clair avec lui et savoir comment il se sent. Qu'en penses-tu ?
Léa

Manu répond à deux questions par semaine. Tu seras peut-être choisie...

À : Léa_jaime@mail.com
De : Marilou33@mail.com
Date : Mercredi 9 novembre, 12 h 02
Objet : Alors ?

Et puis ? C'est aujourd'hui que ton fameux poème était publié, non ? Ne t'en fais pas trop avec le jugement des autres. Tous ceux qui ont déjà été en amour et qui ont déjà pleuré pour quelqu'un seront super touchés par ton texte. Je suis fière de toi et de ce que tu as accompli ! En plus, c'est une belle façon de sortir de l'ombre et de montrer de quel bois tu te chauffes, Léa Olivier !

Pour répondre à tes questions :

1. Steph et Seb filent tellement le parfait amour que je ne suis plus capable de les supporter et que je préfère déjeuner dans le local d'informatique !
2. Laurie se remet peu à peu de sa peine d'amour. Elle m'a raconté qu'elle avait un *kick* sur l'ami de son frère, alors ça lui change les idées.
3. J'ai justement croisé JP hier en quittant la piscine. Il sortait d'un entraînement de basket et il m'a proposé de me raccompagner chez moi. J'avoue qu'il est super gentil et que je l'ai (peut-être) jugé (un peu) trop vite. Il m'a dit qu'il n'avait jamais vraiment ressenti quoi que ce soit pour Laurie, mais que tout le monde avait été si emballé par leur couple qu'il s'était laissé entraîner sans

trop rien dire. Quand elle lui a dit qu'elle l'aimait, il n'a pas pu faire semblant et il lui a dit qu'il préférait rester son ami. Évidemment, je n'irai pas raconter ça à Laurie (t'imagines le drame ? Lol !), mais ça explique beaucoup de choses. Il m'a aussi dit qu'il avait arrêté de fumer parce que ça nuisait à son entraînement. Il voudrait jouer au basket professionnel et sortir au plus vite de notre village. On a donc quelques points en commun : le sport et le désir de partir d'ici ! Lol ! Il n'est peut-être pas aussi poche que je le croyais.

4. J'ai gardé le croustillant pour la fin : Sarah Beaupré est venue me voir à mon casier ce matin ! Peux-tu croire ça ? Elle est vraiment effrontée ! Je te résume notre conversation :

Sarah : Salut, Marilou. Est-ce qu'on peut se parler ?
Moi : Euh... Qu'est-ce qu'il y a ?
Sarah : Je sais que ton amie pense que c'est de ma faute si elle ne sort plus avec Tom (elle l'appelle Tom !!), mais il faudrait que tu lui dises que ça n'a rien à voir, parce que là, même mon chum s'imagine des affaires. Je ne sais pas c'est quoi votre problème, mais il faudrait peut-être vous calmer le pompon.
Moi : Euh, premièrement, mon pompon est très calme, et deuxièmement, Léa habite à Montréal, alors ça m'étonnerait qu'elle cause du trouble dans ta vie.

Si tu n'es pas fidèle ou que ton chum ne te fait pas confiance, ce n'est pas mon problème.
Sarah : Ça devient ton problème quand c'est la faute de ton amie et qu'elle n'est pas là pour se défendre.
Moi : Si t'arrêtais de coller Thomas, peut-être que ton chum arrêterait de se faire des idées.
Sarah : Si tu te mêlais de tes affaires, peut-être que ma vie irait mieux.
Moi : Si tu ne venais pas me parler et que tu n'existais pas, je pense que mon amie n'aurait pas le cœur brisé et que tu n'aurais pas gâché ma matinée avec ta face de bœuf. (J'étais très fière de ma repartie ! Lol !)

Après ça elle s'est mise à crier et j'ai reculé de quelques pas parce que je commençais sérieusement à penser qu'elle allait me sauter dessus. Thomas est arrivé juste à temps pour nous séparer.

Thomas : Hey ! Qu'est-ce qui se passe ?
Moi : Il se passe que ton amie, ou ta blonde ou ta maîtresse est folle à lier et qu'elle s'imagine que Léa et moi, on complote dans son dos.
Sarah : Oui, mais c'est de leur faute si Jonathan est devenu parano !
Thomas : OK. Viens avec moi, Sarah. On va aller en discuter ailleurs. Je m'excuse, Marilou. Ça ne se reproduira plus.
Moi : J'espère. Tu as assez causé de malheurs comme ça.

Et voilà. J'espère que ça comble ta curiosité... Je n'ai pas eu plus de détails en ce qui concerne Thomas, mais une chose est certaine : Sarah et Jonathan ne filent plus le parfait bonheur... comme quoi quand on crache dans les airs, ça nous retombe toujours sur la tête ! Lol !
Lou xx

À : Marilou33@mail.com
De : Léa_jaime@mail.com
Date : Mercredi 9 novembre, 20 h 27
Objet : Wow !

J'avoue que je m'attendais à tout, sauf à une attaque de Sarah Beaupré. Lol ! Je m'excuse, Lou, je sens que c'est un peu de ma faute si t'es prise au centre de ses mélodrames et de sa folie passagère, mais d'un autre côté, je ne connais personne de mieux que toi pour défendre mon honneur. Thomas devait se sentir tellement mal... Ne va pas t'imaginer que j'ai pitié de lui. C'est juste que je trouve ça plate de ne plus avoir de ses nouvelles... Tu comprends ?

Sur une autre note... Est-ce que c'est un début de *kick* que tu commences à ressentir pour JP ? Tu aurais le droit. Je l'ai toujours trouvé plutôt *cute* avec sa tête rasée et ses grands yeux bleus. En fait, je t'encourage à mieux le connaître... et ne t'en fais pas trop pour Laurie. Elle finira bien par s'en remettre !

Moi, j'ai connu une journée assez mouvementée. Le journal était déjà sorti lorsque je suis arrivée à l'école, ce matin. Éloi est venu m'accueillir avec un gros sourire et l'équipe du journal m'a invitée à déjeuner au Presse Café pour fêter ça. Honnêtement, ça faisait un peu mon affaire de pouvoir me sauver de l'école, parce que je remarquais que les gens me dévisageaient un peu. Et je te jure que ce n'est pas dans ma tête ! Il y a même une fille de secondaire 2 qui est venue me voir après mon cours de français pour me dire qu'elle me comprenait vraiment. Je sais que c'est positif, mais je n'aime pas trop être le centre d'attraction. (Je laisse ça à Maude ! Lol !). Après l'école, Alex a rejoint José à son casier, et il en a profité pour me saluer.

Alex : Salut, Léa. C'est beau ce que t'as écrit. Je ne savais pas que ton ex t'avait brisé le cœur comme ça.
Moi : Ben, ce n'est jamais facile les peines d'amour.
Alex : Est-ce que tu l'aimes encore ?
Moi : Oui et non. C'est compliqué.
Alex : Ben, si jamais tu as le goût de te changer les idées, fais-moi signe...

Il m'a fait un clin d'œil, puis José lui a donné un bon coup de coude, ce qui nous a tous fait éclater de rire. Je me suis retournée et j'ai vu que Maude nous observait d'un air machiavélique. Je te jure que ça m'a donné des frissons dans le dos ! J'ai essayé de l'ignorer, mais quand je suis passée à côté d'elle, elle m'a bloqué le chemin.

Maude : Je ne sais pas pour qui tu te prends, Léa Olivier, mais il n'est pas question que tu mettes la main sur MON chum.
Moi (en m'inspirant de toi) : Je ne suis pas intéressée par ton EX-chum, alors tu peux me laisser tranquille.
Maude : Et ce n'est pas en écrivant des poèmes débiles que tu vas ravoir ton beau Thomas, ni que tu vas devenir une auteure célèbre ! Et une dernière chose : tiens-toi loin de mes amies. *Bye !*

Comment elle a fait pour savoir que mon ex s'appelait Thomas ? Penses-tu que Jeanne lui en a parlé, et qu'au fond, elles rient toutes les deux de moi et passent leur temps à parler dans mon dos ? Je sais que j'ai mentionné son prénom à quelques reprises, mais je ne pense pas le lui avoir déjà dit. Même si c'est niaiseux, ses paroles m'ont fait de la peine, et quand j'ai rejoint Annie-Claude et Éloi devant l'école, j'avais le cœur gros. Éloi l'a senti et il m'a proposé de faire une promenade. Je lui ai raconté ce qui me tracassait, et il m'a dit que je ne devrais pas m'en faire autant, parce que la plupart des gens me trouvaient super gentille.

Moi : Oui, mais il y a des filles comme Maude et Sarah Beaupré qui me détestent vraiment, et je ne sais pas quoi faire pour qu'elles m'aiment. Je ne veux pas voler José ou Jeanne à Maude ! Peut-être que je devrais prendre mes distances. Je pense que je prends beaucoup de place pour une nouvelle.

Éloi : Ha, ha ! T'es folle, Léa Olivier, mais c'est pour ça que tu es devenue mon amie ! Ne t'inquiète pas pour Maude. Je sais de source sûre que Jeanne t'aime beaucoup, et depuis que Katherine sort avec ton frère, elle parle toujours de toi en bien ! C'est Marianne qui me l'a dit.
Moi : Marianne ? En voilà une autre qui ne m'aime pas.
Éloi : Ce n'est pas vrai. Elle est un peu influençable, mais je pense surtout que c'est parce qu'elle ne te connaît pas. Comme tu ne veux pas mélanger les choses et que tu préfères qu'on se voie seuls tous les deux, tu n'as pas la chance d'apprendre à la connaître, toi non plus.
Moi : Mouais. Tu as peut-être raison. Mais l'important pour moi, c'est de savoir que je peux compter sur toi et sur ton amitié.
Éloi : Je te promets mon amitié éternelle, Léa Olivier.

Ma conversation avec Éloi m'a fait du bien, mais j'ai encore un peu le cœur gros. Ma mère m'a dit que c'était sûrement à cause du temps maussade et de la grisaille de novembre. Je trouve ça un peu simpliste comme explication, mais je vais m'en contenter pour ce soir. :)

Je te laisse : Félix et Katherine m'ont invitée à regarder un film d'horreur avec eux, et j'avoue que j'ai envie de me changer les idées, même si je dois me sentir de trop !
Léa xox

Chapitre 8
Triangles amoureux

Vendredi 10 novembre

21 h 22

Marilou (en ligne): Coucou! Je suis étonnée de te voir en ligne! Que fais-tu chez toi un vendredi soir? Rien de passionnant dans la grande métropole?

21 h 25

Léa (en ligne): Non. ☹ Félix est sorti au cinéma avec Katherine, Marianne et Éloi. C'est vraiment étrange qu'ils se tiennent tous ensemble, et même si je suis un peu jalouse, il n'était pas question que je me joigne à eux. Je ne veux pas être la cinquième roue du carrosse! Lol! J'ai donc opté pour une soirée classique rejet avec des donuts au miel et des films de filles. Toi? Rien d'excitant dans le village?

21 h 28

Marilou (en ligne): Oui et non... En fait, je suis allée me promener avec JP au parc, et je suis rentrée ici il y a à peu près une heure...

21 h 29

Léa (en ligne): HOUUUUU! C'est parce que j'aimerais avoir les détails, S.T.P.!!!

21 h 32

Marilou (en ligne): On a parlé de tout et de rien. Il m'a demandé si j'avais un chum... Je lui ai raconté ma malchance avec Cédric. Ça le fait rire que je sois aussi orgueilleuse! J'avoue qu'il ne me laisse pas indifférente, mais je ne veux pas faire de peine à Laurie.

21 h 34

Léa (en ligne): Eh bien, je pense que tu devrais lui en parler. Si tu es honnête avec elle, elle ne sentira pas que tu lui joues dans le dos.

21 h 34

Marilou (en ligne): Ouais, mais tu sais comme moi qu'elle va être super blessée quand même. Tu connais son caractère... J'ai peur qu'elle ne veuille plus être mon amie ou qu'elle monte Steph contre moi.

21 h 36

Léa (en ligne): Eh bien, parles-en d'abord à Steph. Dis-lui que tu passes de plus en plus de temps avec JP, que tu le trouves de ton goût, mais que tu ne voudrais pas faire de la peine à Laurie. Elle est plus proche de Laurie que toi, alors elle aura peut-être de bons conseils à te donner.

21 h 40

Marilou (en ligne): Ce n'est pas fou comme idée. Je vais voir comment ça se passe demain... JP m'a invitée chez lui pour voir un film (Ils annoncent déjà une tempête de neige!! Peux-tu le croire?) Si ça clique toujours autant entre nous deux, je vais en parler à Steph. Mais je ne veux pas trop m'énerver non plus. Peut-être que c'est tout dans ma tête et qu'il m'aime seulement en amie.

21 h 40

Léa (en ligne): Il ne te tournerait pas autour comme une abeille si c'était juste de l'amitié!

21 h 41

Marilou (en ligne): Et Éloi et toi, c'est juste de l'amitié?;)

21 h 42

Léa (en ligne) : Ben oui ! En plus, il a déjà une blonde… et moi, j'ai encore le cœur gros. ☹ C'est mon seul et unique vrai ami ici, et ça va rester comme ça ! Ne va pas t'imaginer des affaires…

21 h 43

Marilou (en ligne) : Et Alex ?

21 h 43

Léa (en ligne) : Alex, c'est un beau parleur et un (très beau) charmeur, c'est tout !

21 h 46

Marilou (en ligne) : OK ! Lol ! Ah oui ! Si ça peut te remonter le moral, JP m'a dit que Thomas était vraiment déprimé depuis que vous aviez cassé. Il dit qu'il passe tout son temps au garage, que ses notes ont chuté et qu'il ne le voit presque plus. Tu vois ? Tu étais la seule bonne chose dans sa vie, et maintenant que tu n'es plus là, tout s'écroule. Tant pis pour lui, il n'avait qu'à s'en rendre compte avant !

21 h 47

Léa (en ligne): Ça ne m'étonne pas trop... mais ça me fait quand même de la peine de le savoir en détresse.

21 h 48

Marilou (en ligne): Je t'interdis de le prendre en pitié! Change-toi plutôt les idées avec le beau Alex... Lol.

21 h 48

Léa (en ligne): Lol! Je vais y penser. ;) Je retourne à mon film... Amuse-toi bien avec JP demain, et tu me donneras TOUS les détails! ♥

21 h 49

Marilou (en ligne): Promis! Bonne nuit, ma belle, JTM. ♥

21 h 50

Léa (en ligne): JTM aussi. ☺

À : Stephjolie@mail.com
De : Marilou33@mail.com
Date : Dimanche 12 novembre, 14 h 30
Objet : Besoin d'un conseil

Salut, Steph,
J'ai essayé de t'appeler, mais ta mère m'a dit que t'étais chez ton père et je n'ai pas ton numéro. :S
J'espérais te voir en ligne, mais il faut croire que tu es une fille occupée (sûrement avec le beau Seb) !
En fait, je voulais te parler d'un truc un peu personnel. Je ne sais pas si tu t'en es rendu compte, mais je me suis un peu rapprochée de JP depuis quelques jours. On passe pas mal de temps ensemble et on s'entend super bien. Je ne savais pas trop où ça s'en allait, mais hier, je suis allée chez lui et il m'a avoué qu'il avait un *kick* sur moi et il m'a demandé carrément si j'avais envie qu'on sorte ensemble. Je sais que je passe mon temps à rire de Seb, Thomas et JP et que je les trouve un peu poches par moments, mais je réalise que je juge parfois les gens trop vite... parce que la vérité, c'est que JP ne me laisse pas indifférente non plus. :)
Le problème dans tout ça, c'est que je ne veux pas faire de peine à Laurie. Je sais qu'elle a un *kick* sur l'ami de son frère, mais elle a aussi passé des semaines à pleurer à cause de JP et je sens qu'elle l'aime encore. Tu la connais mieux que moi, alors je voulais savoir ce que tu en pensais... D'un côté, je me dis que je ne veux pas la blesser, ni perdre son amitié pour un gars, mais

de l'autre, je ne sais pas si je pourrai vraiment faire semblant que je n'aime pas JP et l'oublier en faisant comme si rien ne s'était passé. Pour l'instant, il sait que je me sens mal et je lui ai demandé du temps pour réfléchir... J'espère que tu pourras m'aider et que tu n'es pas fâchée contre moi.
J'attends de tes nouvelles,
Marilou xox

À : Marilou33@mail.com
De : Léa_jaime@mail.com
Date : Lundi 13 novembre, 16 h 58
Objet : Enfin !

Je trouve que c'est une super bonne idée que tu aies écrit à Steph pour lui dire la vérité. Personnellement, je suis contente que tu aies trouvé quelqu'un qui te plaît et qui n'a pas de blonde. :) Bref, je trouve que tu mérites d'être heureuse et en amour, alors si j'étais toi, je ne me laisserais pas trop influencer par Laurie. Tu le dis toi-même qu'elle est *full* mélodramatique. Elle va bien finir par s'en remettre ! Ce n'est pas comme si elle avait passé un an avec lui, ni que ça t'arrivait tous les jours de tomber amoureuse de quelqu'un. Et pas « n'importe quelqu'un » : JP ! Qui aurait cru qu'un des amis « débiles » de Thomas allait te taper dans l'œil ? Je sais qu'il a changé et qu'il est devenu mature, mais je pense que ta présence va l'aider à rester sur le droit chemin... un peu comme Thomas et moi, avant.

Ce midi, j'ai déjeuné toute seule avec Jeanne. En fait, je m'apprêtais à rejoindre mes amis du journal quand elle m'a prise par le coude et m'a suppliée de la sauver des griffes de Maude !

Moi : J'en conclus que ça ne va pas mieux entre José et elle.
Jeanne : Vraiment pas. José s'est mis à triper sur une fille de secondaire 5 et Maude est en petits morceaux. J'essaie d'être une bonne amie et de lui remonter le moral, mais des fois, je trouve que la Terre tourne toujours autour d'elle.
Moi : Ce n'est pas moi qui vais te contredire là-dessus.
Jeanne : Je te jure qu'elle n'est pas méchante... Elle manque juste beaucoup de confiance en elle. Et comme Sophie et Lydia sont toujours prêtes à faire ses quatre volontés, elle n'a jamais à se forcer pour faire plaisir à ses amies. Elle est différente quand elle est seule avec moi. On dirait qu'elle laisse tomber son masque de dure et de fille détestable et qu'elle est plus naturelle. Mais ces temps-ci, elle est tellement absorbée par ses propres problèmes que c'est comme si je n'existais pas. En tout cas... Je m'excuse, j'ai l'impression de te casser les oreilles avec mes problèmes.
Moi : Pas du tout ! Au contraire, ça me fait oublier les miens.

Après ça, on s'est mises à discuter de notre présentation orale en anglais. On veut faire un sketch avec des costumes et des jeux de rôles ! Je n'aurais jamais osé faire ça toute seule, mais Jeanne n'a peur de rien, on dirait. Elle est un peu comme toi là-dessus, et je pense que c'est pour ça que je m'entends bien avec elle. Notre conversation m'a quand même rassurée parce que je me rends compte que c'est une amie loyale (elle arrive même à défendre Maude quand elle pète sa coche !) et je ne crois pas qu'elle trahirait mes secrets. J'ai quand même voulu en avoir le cœur net.

Moi : Jeanne, sais-tu pourquoi Maude me déteste autant ?
Jeanne : Pas vraiment. Tu me connais assez pour savoir que je ne parle pas gratuitement dans le dos du monde, alors dès qu'elle essaie de m'entraîner là-dedans, je lui dis que tu es super gentille et que je ne veux rien entendre.
Moi : Ça me rassure. Je me suis rendu compte qu'elle savait des trucs personnels à propos de moi, genre le nom de mon ex, et j'ai comme eu peur que vous parliez dans mon dos.
Jeanne : Jamais de la vie ! C'est sûrement Marianne qui a ouvert sa grande bouche. Tu devrais peut-être dire à Éloi d'être plus discret. En plus, je pense que Marianne est jalouse de toi, alors elle ne se gênera pas pour utiliser tout ce qu'elle sait contre toi.

Moi : Argh. Une autre ennemie. Je pensais déjà avoir les mains pleines avec Maude !
Katherine : Salut, les filles ! Est-ce que je peux manger avec vous ? Je suis tannée de les entendre bitcher !

Katherine s'est donc jointe à nous et on a passé l'heure du déjeuner à se raconter des histoires drôles ! Quand je me suis levée pour me rendre à mon casier, j'ai vu Lydia et Maude qui me regardaient en riant. Je sais que c'est par jalousie, mais je pense que personne ne m'a jamais détestée autant que cette petite gang-là. :(Et ce n'est pas fini : quand je suis arrivée près de mon casier, Éloi est venu me porter un article qu'il voulait que je révise pour lui. Les antennes de Marianne ont dû lui signaler qu'on était ensemble, parce qu'elle nous a tout de suite interrompus en l'agrippant par le coude et en l'embrassant sauvagement devant moi ! J'étais sans voix. Je me suis donc contentée de ramasser mes livres, de fermer mon casier et de me rendre à mon cours de français. J'ai tout raconté à Annie-Claude, et elle m'a mise en garde contre Marianne. Il paraît qu'elle est encore plus sournoise que Maude... Ça promet ! Et pas question que j'en parle à Éloi. C'est à lui de se rendre compte que sa nouvelle blonde est folle ! Lol !

As-tu eu une réponse de Steph ? Donne-moi vite des nouvelles !
Léa xox

À : Léa_jaime@mail.com
De : Marilou33@mail.com
Date : Lundi 13 novembre, 19 h 02
Objet : Je fonce ?
1 pièce jointe : Mail Stéphanie

Salut, Léa !
Pauvre toi... Je te plains tellement ! Ici, c'est plate, mais je ne crois pas qu'il y ait une si grande concentration de filles méchantes au mètre carré. Sarah est pas mal toute seule dans sa gang. Lol ! Je sais que tu es forte et que tu es capable de résister à l'ennemi ! Sans blague, je sais que tu es moins à l'aise que moi pour te défendre et dire ce que tu penses, mais je crois que mon caractère (un peu) explosif t'a montré comment ne pas te laisser marcher sur les pieds. Je crois aussi que tu es beaucoup plus diplomate que moi et que ça te sera super utile contre Maude et Marianne. Au lieu d'embarquer dans leur jeu et de parler dans leur dos, tu pourras les affronter directement et garder ton calme. Je ne serais jamais capable de faire ça, mais j'ai confiance en toi ! Je comprends que l'une d'elles est la blonde de ton ami et que l'autre est Miss Popularité Montréal, mais ça ne t'empêche pas de mettre les choses au clair avec elles si elles n'arrêtent pas de t'embêter !

D'ailleurs, c'est toi qui m'as conseillé d'écrire à Steph pour lui demander son avis, et tu avais raison ! On

dirait que ma sincérité (et ma maturité... Oh oui, madame !) l'ont touchée parce qu'elle a l'air super contente pour moi ! Je te laisse lire son mail que je t'ai envoyé en pièce jointe. Qu'en penses-tu ? Je fonce avec JP et j'essaie de garder ça secret pendant quelque temps ?
Lou xox

Pièce jointe :

Salut, Marilou,
Eh bien, ma petite cachottière, je ne me serais jamais doutée qu'il se tramait quelque chose entre JP et toi ! C'est cool ! Je suis tellement contente pour vous deux ! Je sais que ça sonne un peu idiot, mais je suis vraiment heureuse d'avoir un couple avec qui faire des activités ! Lol ! Sans blague, je pense que vous allez bien ensemble. Avoue qu'il est moins niaiseux que tu le pensais ! Il est super sportif (comme toi), il est pas mal plus sérieux que Thomas et Seb (soupir) et il a full d'ambition ! À ta place, je lui donnerais une chance. ;)

Je sais que tu stresses à propos de Laurie et je te comprends. Je ne sais pas trop comment elle se sent par rapport à lui. Je pense qu'elle a senti qu'on était tannées de l'entendre se plaindre et pleurer sur son sort, alors elle n'ose plus vraiment m'en parler, mais il se peut fort bien qu'elle l'aime encore ou qu'elle soit fâchée si elle apprend que vous sortez ensemble. Je pourrais toujours lui demander si elle l'aime encore pour avoir

une meilleure idée de sa réaction. En attendant, rien ne vous empêche de vous aimer en cachette. Lol ! C'est full romantique, dans le genre amour interdit ! Je te promets de n'en parler à personne. Parole de scout !
On se voit demain à l'école,
Steph xoxo

À : Marilou33@mail.com
De : Léa_jaime@mail.com
Date : Lundi 13 novembre, 21 h 58
Objet : RE : Je fonce ?

Tu fonces tellement ! C'est cool que Steph tâte le terrain et en parle un peu à Laurie pour savoir comment elle se sent, parce que tu sauras si tu peux déjà lui en parler ou si c'est mieux de vivre votre amour en cachette pendant un certain temps. Pour ce qui est du reste, embrasse-le qu'on en finisse ! Lol !
Léa xox

À : Léa_jaime@mail.com
De : Marilou33@mail.com
Date : Jeudi 14 novembre, 16 h 45
Objet : Mon troisième baiser...

Lol ! J'espère que mon titre de mail t'a mis la puce à l'oreille. ;) Hier soir, j'ai appelé JP et on a parlé pendant trois heures au téléphone ! Ma mère voulait me tuer !

Elle m'a dit que j'allais devenir sourde si je continue comme ça. Elle doit bien se douter de quelque chose, surtout que je ne parle presque plus au téléphone depuis que tu es partie... Mais je ne suis pas encore prête à lui en parler. C'est trop frais... AAAAAAAH ! Léa ! Je capote !

On a parlé de plein de choses, et la conversation coulait toute seule ! Il n'y avait pas de silences inconfortables comme avec Cédric. C'est sûrement parce qu'on se connaît depuis trois ans ! Je lui ai finalement dit que moi aussi je voulais sortir avec lui, mais que je voulais prendre mon temps parce que je ne voulais pas faire de peine à Laurie, et il a été *full* compréhensif.

Ce matin, Steph m'a emmenée dans un coin et elle m'a raconté qu'elle avait parlé à Laurie, et qu'apparemment, elle n'aime plus vraiment JP. Je l'ai quand même surprise à le regarder avec des yeux piteux sur l'heure du déjeuner, alors je préfère qu'on continue à se parler et à se voir en cachette...

Après l'école, JP m'a tendu un petit papier qui disait : *Rejoins-moi dans les escaliers du 2e étage dans 10 minutes.*

J'y suis allée, on s'est assis et on a ri ensemble pendant une heure ! Finalement, on a dû partir parce qu'on avait peur de se faire enfermer dans l'école ! Mais juste avant de partir, il m'a embrassée sur le coin de la bouche. Quand j'ai ouvert les yeux, il me regardait d'une façon tellement intense que j'ai senti des gargouillements dans mon ventre. Je ne savais pas trop comment réagir (tu le sais que je ne suis pas déniaisée à ce niveau-là) et j'avais peur d'avoir mauvaise haleine, alors je lui ai donné un baiser sur la joue et on s'est séparés. Je sais que ça sonne un peu con, mais ça ne me dérange pas d'y aller lentement avec lui. Je sais qu'il va m'attendre. Ce soir, je ne peux pas lui parler parce que je dois (encore) garder mon petit frère, mais chaque fois que je pense à lui, j'ai des papillons dans le ventre. Lol ! Je comprends un peu plus de quoi tu parlais quand tu me racontais tes premiers rendez-vous avec Thomas.

J'espère que je ne te casse pas trop les oreilles avec mes histoires d'amour. Je sais que tu as de la misère à oublier Thomas et que tu as encore de la peine quand tu penses à lui... et même si JP est son ami, je pense encore que tu mérites mille fois mieux que lui !

J'attends de tes nouvelles ! Je ne t'ai pas vue en ligne depuis deux jours et je m'ennuie de toi !
Lou xox

À : Marilou33@mail.com
De : Léa_jaime@mail.com
Date : Jeudi 14 novembre, 18 h 50
Objet : YÉÉÉÉÉÉ !

Je suis tellement contente pour toi ! Ne t'en fais pas pour moi... J'ai encore de la peine, mais à force de ne pas entendre parler de Thomas, je commence peu à peu à m'habituer à son absence. Hier, Katherine est passée chez moi après l'école pour voir Félix et elle en a profité pour me faire la causette. Du coup, on a décidé d'exorciser Thomas et de le bloquer de mon existence ! Lol !

Katherine : Tu n'as aucune nouvelle de Thomas depuis que c'est terminé ?
Moi : Non... À part quand mon amie m'en glisse un mot parce qu'elle va à la même école que lui et qu'elle sort avec son ami.
Katherine : En tout cas, je te trouve forte d'avoir su résister à la tentation et de ne pas lui avoir écrit.
Moi : La vérité, c'est que je l'ai un peu supplié de revenir avec moi et il n'a rien voulu savoir. Je pense que je ne pouvais pas descendre plus bas que ça. Je me suis sentie un peu humiliée. Je l'ai vu une ou deux fois en ligne depuis, mais aucun de nous deux n'a osé parler à l'autre. Il m'a peut-être complètement oubliée.
Katherine : Règle numéro un : tu le bloques complètement de ton réseau. Est-ce que c'est ton ami Facebook ?

Moi : Oui, mais il n'y a aucune action sur sa page... J'avoue que je l'espionne presque chaque jour.
Katherine : Règle numéro deux : tu le *defriend !*
Moi : Quoi ?
Katherine : Tu l'enlèves de tes amis !

Katherine m'a donc guidée tandis que je retirais Thomas de ma liste d'amis et que je le bloquais sur Skype ! Elle m'a ensuite félicitée et Félix est venu nous rejoindre dans ma chambre. Je ne croyais pas dire ça de sitôt, mais je la trouve super gentille, finalement. Je pense même que mon frère et elle forment un beau couple. Qui aurait cru il y a deux mois que je ne sortirais plus avec Thomas, que tu fréquenterais JP en cachette et que Katherine allait filer le parfait bonheur avec mon don Juan de frère !

Ce midi, j'ai aussi profité de ma réunion avec le comité du journal pour parler à Éloi, mais ça ne s'est pas super bien déroulé...

Moi : Alors, ça va toujours bien avec Marianne ?
Lui : Pas pire... Je ne sais pas trop. C'est compliqué.
Moi : Qu'est-ce qui est compliqué ? (À part sortir avec une folle qui me déteste !)
Lui : Je me rends compte qu'elle est plus possessive que je pensais, et des fois j'ai peur qu'elle m'aime plus que moi je l'aime.
Moi : Ça, je ne peux pas savoir. Mais j'ai vu son côté possessif à l'œuvre.

Lui : Je sais. Je m'excuse, Léa. Je ne sais pas ce qui lui a pris. Elle s'imagine qu'on s'aime secrètement ou que tu veux me mettre le grappin dessus.
Moi : Eh bien, tout ça, c'est dans sa tête, alors tu lui diras de respirer par le nez. Je voulais aussi te demander de ne pas lui parler de moi. J'ai réalisé qu'elle raconte tous les détails de ma vie à Maude et qu'elles s'en servent contre moi. Je trouve ça un peu épuisant de devoir me battre contre la reine de secondaire 3 et son chien de poche.
Lui : Léa ! Franchement !
Moi : Prends sa défense si tu veux, mais arrête de lui parler de moi. C'est tout ce que je te demande !
Lui : Je t'ai déjà dit que je ne lui parlais pas de toi. Je ne suis pas con, Léa. Je n'irais pas trahir ta confiance.
Moi : Alors pourquoi Maude sait-elle que mon ex s'appelle Thomas et qu'il m'a laissée tomber ?
Lui : C'est pour ça que tu m'accuses ? Je te ferais remarquer que ton poème dit clairement que tu t'es fait briser le cœur. Pour ce qui est du nom de ton ex, tu l'as dit à presque toutes les filles de cette gang-là, et Maude a dû l'apprendre de leur bouche ! Les filles, ça potine plus que moi, tu sauras !
Moi : Oh... Mouais... C'est con, je n'avais pas pensé à ça...
Lui : Et je comprends que tu sois encore triste et que tu ne sois pas la meilleure amie de Marianne, mais tu n'es pas obligée de la juger sans la connaître. Je pensais que je pouvais me confier à toi parce qu'on était des amis, mais on en revient toujours à TOI et à TES insécurités, Léa. Je m'étais peut-être trompé à ton sujet. *BYE !*

Et vlan ! Il est parti du local sans que je puisse rien ajouter. Son discours m'a fait réfléchir, et je pense qu'il a raison. Je sais que sa blonde ne m'aime pas et que ce n'est pas toujours évident d'être la nouvelle qui fait face à deux nunuches que tout le monde admire, mais en même temps, je ne veux pas avoir l'air de celle qui juge et qui se plaint tout le temps. Ça fait seulement trois mois que je connais Éloi, et je n'ai pas envie de le perdre sans qu'il me connaisse un peu mieux. Qu'est-ce que tu en penses ? Évidemment, je ne deviendrai pas l'amie de Maude ni de Marianne de sitôt, mais je peux quand même faire semblant de les tolérer devant Éloi. C'est plate s'il sent qu'il ne peut pas se confier à moi (surtout si c'est pour parler dans le dos de sa blonde ! Lol !).

Une chance que le week-end s'en vient... J'ai vraiment besoin de prendre une pause de tous les drames de mon école ! J'ai invité Jeanne à venir travailler à notre présentation ici samedi après-midi. À part ça, je n'ai rien de prévu, alors j'espère que tu auras un peu de temps à m'accorder pour qu'on discute en ligne !

Je file : on m'attend pour dîner. Tu me manques tellement. :'(
Écris-moi vite !
Léa xox

À : Éloi2011@mail.com
De : Léa_jaime@mail.com
Date : Samedi 16 novembre, 10 h 12
Objet : Je m'excuse

Salut, Éloi,
Je sais qu'on ne s'est pas reparlé depuis notre chicane de jeudi, et ce n'est pas tout à fait un hasard parce que je me suis arrangée pour t'éviter le plus possible à l'école. Ne va pas croire que je suis fâchée contre toi ou que je ne veux plus rien savoir... La vérité, c'est que j'avais tellement honte que je ne savais pas comment agir devant toi. Je tenais à m'excuser, et comme je sais que j'ai plus de facilité à m'exprimer par écrit, j'ai préféré t'envoyer un mail pour le faire.

J'ai réfléchi à ce que tu m'as dit et je pense que tu as raison. Je n'ai pas à juger Marianne sans la connaître, ni à te faire sentir mal parce que tu sors avec elle. Pardonne-moi d'avoir douté de toi, c'était vraiment niaiseux de ma part. Ça ne fait pas super longtemps qu'on se connaît, mais je me sens vraiment à l'aise avec toi et je n'ai pas du tout envie de te perdre en tant qu'ami. Je suis là pour toi, alors n'hésite pas à te confier quand tu en as besoin. Je te promets de me fermer le clapet et de garder mes commentaires pour moi. ;) Lol ! J'espère que tu me pardonneras.
Léa xox

À : Léa_jaime@mail.com
De : Éloi2011@mail.com
Date : Samedi 16 novembre, 11 h 32
Objet : Re : Je m'excuse

Coucou, Léa,
J'avoue que j'étais content de lire ton mail. :) Pardonne-moi aussi d'avoir réagi aussi fortement. J'étais un peu à bout à cause de Marianne et je pense que ça m'a monté à la tête et que je me suis défoulé sur toi. Lol ! J'accepte tes excuses et je te promets que je serai super discret ; je ne raconterai ta vie à personne. La vérité, c'est que Marianne me pose parfois des questions à propos de toi, mais je perçois ça comme de la jalousie et je refuse de lui dire quoi que ce soit. Je la connais depuis super longtemps, et même si je sais qu'elle est sensible et très drôle (elle me fait même penser un peu à toi des fois), je suis aussi conscient qu'elle peut être un peu méchante avec les filles qu'elle n'aime pas. Je lui ai déjà dit de te laisser tranquille, mais elle m'accuse de trahison, alors je préfère me taire. Lol ! Bref, si on veut rester de bons amis, je crois que le mieux à faire est de me laisser en dehors de tout ça. Ne t'en fais pas pour Marianne, je lui ai dit la même chose au sujet de notre relation, alors je crois qu'elle n'osera plus me poser de questions à propos de toi. ;)

Si jamais tu as envie de parler, tu peux toujours m'appeler. Je serai chez moi une bonne partie du

week-end. Sinon, on se voit lundi, même heure, même poste !
Éloi

À : Léa_jaime@mail.com
De : Marilou33@mail.com
Date : Samedi 16 novembre, 17 h 22
Objet : Des nuages à l'horizon

Salut !
J'ai lu le mail d'Éloi que tu m'as transféré. Je suis contente que vous ayez réglé votre malentendu, parce que je pense aussi que tu as besoin de son amitié en ce moment. Même si je niaise souvent et que je dis que vous formeriez le couple parfait, la vérité est que, tant que tu n'es pas guérie de ta peine d'amour, tu ne seras pas prête à être avec quelqu'un d'autre. Et en plus, Éloi est en couple avec une autre fille (et ton ennemie #3 de surcroît – Je juge que Maude et Sarah représentent plus des menaces pour ta zénitude !). En tout cas, je le trouve très mature, ton Éloi... Il est pas mal différent de on-sait-qui.

Parlant de lui, je l'ai vu hier soir. JP et moi sommes allés à la cantine après l'école, et Thomas est entré avec Seb juste au moment où JP se collait contre moi. Ça ne me dérange pas que ses amis apprennent qu'on sort ensemble, mais j'ai peur que ça finisse par arriver aux oreilles de Laurie. Ils ont eu l'air très surpris, ce qui prouve qu'on doit bien jouer le jeu à l'école ! Lol !

Ils se sont assis avec nous, et lorsque Seb et JP se sont levés pour aller payer, Thomas s'est tourné vers moi avec un regard super sérieux.

Thomas : Je sais que tu ne m'as jamais porté dans ton cœur, mais j'aimerais savoir comment elle va. Je n'ai pas de nouvelles depuis qu'on a cassé.
Moi : Pourquoi elle te donnerait des nouvelles ? C'est toi qui lui as brisé le cœur, à ce que je sache !
Thomas : STP, Marilou. Je comprends que tu veuilles protéger ton amie, mais je ne suis pas un monstre. Tu ne t'es jamais demandé pourquoi Léa était tombée amoureuse de moi ? Je ne dois pas être si horrible que ça. Je pense que tu t'es fait une mauvaise image de moi et que ça vaudrait peut-être la peine que tu me connaisses un peu mieux pour changer ta vision. La preuve, c'est que tu pensais que JP était un abruti sans ambition qui passait sa vie à fumer, mais à vous voir ensemble, tu as changé d'opinion !
Moi : JP est super intelligent, il est bon à l'école, il a arrêté de fumer et il a plein d'ambition.
Thomas : Mon point, c'est que j'aimerais ça que tu me donnes une petite chance. Surtout si tu sors avec un de mes meilleurs amis.
Moi : Je ne peux rien te promettre, mais je peux essayer.

Thomas : Merci. Et peux-tu me dire comment elle va ? Je sais que c'est de ma faute, mais je ne voulais pas la faire souffrir encore plus en lui donnant de mes nouvelles et en la harcelant tous les jours. Il fallait que je coupe les ponts. C'était nécessaire pour moi aussi. Mais là, je m'ennuie beaucoup d'elle et on dirait que je réalise encore plus qu'elle est partie.
Moi : (Je commençais un peu à avoir pitié.) Bon, OK. Elle va mieux. En fait, elle commence à remonter la pente et à se faire une vie là-bas. Votre séparation a dû l'aider.

Après il m'a regardée d'un drôle d'air. Il avait vraiment l'air songeur. Je sais que je suis la première à critiquer son comportement, mais j'avoue que ça avait l'air sincère. Il allait me dire quelque chose, mais les gars sont revenus à la table et nous ont interrompus. Après ça, je suis rentrée chez moi et je suis enfermée ici depuis hier ! Il s'est mis à neiger super fort et je n'ai aucune envie d'aller dehors ! En plus, JP est parti à Québec pour le week-end, alors je préfère rester seule chez moi pour rêver de lui ! Lol !

J'espère que ça ne t'a pas trop mise à l'envers que je parle avec Thomas. Je dois lui accorder le fait d'être persévérant. Mais bon, ma pitié a des limites, et je crois que c'est trop peu, trop tard ! Il n'avait qu'à se rendre compte de sa chance avant de te perdre !

Es-tu encore avec Jeanne ? Je serai chez moi toute la soirée si tu veux parler !
Bisous,
Lou

Chapitre 9
Attache ta tuque [L] !

À : Marilou33@mail.com
De : Léa_jaime@mail.com
Date : Dimanche 17 novembre, 11 h 45
Objet : Dimanche de novembre

Aujourd'hui, il fait gris dehors. Je reprends : en novembre, il fait TOUT LE TEMPS gris dehors ! C'est *full* déprimant. Ici, il n'y a pas encore de neige, mais je préférerais une grosse bordée plutôt qu'un ciel grisâtre et des arbres sans feuilles. Comme tu peux le voir, je pète le feu. ;) Lol !

Je ne t'en veux pas du tout pour Thomas. Je sais que tu sors avec son ami, alors c'est évident que tu devras le voir plus souvent. J'avoue que son discours m'a impressionnée. Penses-tu qu'il m'aime encore ? Qu'est-ce que ça veut dire « Je m'ennuie d'elle » ? Est-ce que c'est « je m'ennuie » genre je veux revenir avec elle, ou « je m'ennuie » de sa présence dans notre village ? J'avoue que ça me donne encore plus envie de l'appeler, mais Jeanne m'a conseillé de ne pas le faire. Elle croit comme toi que ce serait du masochisme et que je risque d'être déçue. Un côté de moi (celui qui a encore un peu de fierté) se dit que s'il voulait revenir, il ferait les premiers pas, non ?

Hier, j'ai travaillé jusqu'à 18 h avec Jeanne et ensuite, je suis allée au restaurant et au cinéma avec mes parents et Félix. Ça ne nous tentait pas vraiment, mais ils ont insisté pour qu'on fasse une sortie en famille. Ça ne s'est pas si mal déroulé en fin de compte. Félix et moi avons choisi le film (une comédie vraiment drôle) et le restaurant (du chinois ! Miam !), et on a bien ri tous les quatre. Ensuite, on s'est baladés un peu dans les rues du centre-ville. La soirée n'était pas si froide que ça, et mes parents tenaient à faire du lèche-vitrines pour « commencer à repérer nos cadeaux de Noël ». Bref, quand je suis rentrée chez moi, j'étais épuisée et je suis tombée comme une roche !

Pour ce qui est des potins de mon école, Jeanne m'a appris que Maude avait supplié José de reprendre, parce qu'elle sentait qu'elle allait vraiment le perdre. Elle m'a aussi invitée à un party chez Alex, vendredi prochain. Je ne me sens pas super à l'aise d'y aller parce que j'imagine que Jeanne se tiendra plus avec ses amis et qu'Éloi sera collé à Marianne. Je lui ai donc demandé si je pouvais venir avec Annie-Claude. Elle m'a dit qu'il n'y avait pas de problème, puisque c'était aussi une amie d'Éloi. J'ai donc fini par accepter d'aller faire un petit tour. (Il faut bien que je sorte de ma léthargie.) J'espère qu'Annie-Claude voudra venir avec moi. Je me sentirais moins rejet.

Je retourne à mes devoirs et à ma déprime du dimanche... Je suis là si tu veux me parler !
Léa xox

P.-S. : Pour ajouter à mon malheur dominical (j'ai appris ce mot-là dans un article d'Éloi), un gros bouton a décidé de faire son apparition sur mon nez. Pas facile à camoufler !

À : Léa_jaime@mail.com
De : Marilou33@mail.com
Date : Lundi 18 novembre, 19 h 21
Objet : De la neige, de la neige

Il neige tellement qu'à ce rythme-là, ma maison sera complètement enfouie au mois de février ! JP est rentré hier soir et on s'est parlé longtemps au téléphone. Je lui ai dit que j'avais peur que Laurie s'en rende compte, mais il m'a répondu que ce n'était pas la fin du monde si elle l'apprenait. Mon plan était plutôt d'attendre le retour des vacances de Noël avant de lui annoncer la nouvelle. Plusieurs mois auront passé depuis leur rupture et je pourrai faire semblant de m'être rapprochée de lui pendant les vacances. Avoue que c'est ingénieux ! Le problème, c'est que j'ai peur de lui avoir mis la puce à l'oreille ce matin.

Avant le premier cours, JP est passé derrière moi dans les casiers et m'a serré tendrement le bras avant de partir. On s'est souri d'un air complice, et quand je me suis retournée, j'ai vu Laurie qui était plantée derrière moi.

Laurie : Pourquoi vous vous regardez comme ça ?
Moi : Euh... Je... Je lui ai prêté mes notes d'anglais et il voulait juste me remercier.
Laurie : Ah, OK. En tout cas, ne compte pas sur lui pour te rendre la pareille. Il pense juste à lui.
Moi : Tu trouves ? Je le trouve plutôt généreux, moi.
Laurie : Me niaises-tu ? As-tu vu la façon dont il a cassé avec moi ? Il m'a écrit une lettre, Marilou. Il n'a même pas eu le courage de me le dire en face ! Il cherchait juste à se défiler plus facilement.
Moi : Ouais, mais en même temps, vous n'êtes pas sortis ensemble super longtemps...
Laurie : Qu'est-ce que ça change ? Je l'aimais, moi ! Et depuis quand tu prends sa défense ? D'habitude, tu es la première à dire que JP, Seb et Thomas sont tous des ratés !
Moi : Oui... Je sais... J'essaie juste de ne plus juger les gens trop rapidement. C'est comme ma résolution du mois de novembre. Est-ce que tu l'aimes encore ?
Laurie : Pas après ce qu'il m'a fait ! Mais je ne peux pas dire qu'il me laisse indifférente non plus. J'ai tellement hâte de l'oublier.
Moi : Oui... Je comprends... Ça va venir, je te promets.

Après ça, je me sentais tellement mal à l'aise que j'ai prétexté une envie de pipi pressante pour me sauver et me réfugier dans les toilettes. Je crois donc que ma relation avec JP restera secrète pendant encore quelque temps. J'espère sincèrement qu'elle comprendra et qu'elle voudra rester mon amie malgré tout. Je pense que je vais écrire sur *Le Blog de Manu* pour lui demander son avis.

J'espère que ton bouton n'a pas explosé ! La dernière fois que tu as essayé de prendre les choses en main, tu as appuyé tellement fort que tu t'es fait saigner et que tu as gardé une cicatrice pendant trois semaines ! Lol !

Je dois aller faire mes devoirs. Je viens de revenir de mon entraînement de natation et je n'ai encore rien fait.

Tu me manques... J'ai hâte de te voir ! Viens-tu à Noël ?
Lou xox

P.-S. : Va au party. Je sais qu'il y aura des nunuches et des gens cool, mais il y aura aussi le beau Alex qui pourra te changer les idées...

P.P.-S. : Je ne sais pas ce que Thomas voulait dire. Je crois simplement qu'il s'ennuie de ta présence. C'est un peu normal après avoir passé plus de six mois avec quelqu'un. :) Je suis d'accord avec Jeanne : interdiction formelle de lui écrire ou de l'appeler. S'il s'ennuie tant que ça, il n'a qu'à se manifester ! Et s'il se manifeste, ne reviens surtout pas avec lui. ;)

À : Marilou33@mail.com
De : Léa_jaime@mail.com
Date : Mercredi 20 novembre, 17 h 07
Objet : Tu vas CAPOTER !

J'ai une bonne et une mauvaise nouvelle. Commençons par la mauvaise : j'ai décidé de passer le temps des fêtes à Montréal. Je sais que c'est plate parce qu'on ne pourra pas se voir en décembre, mais mes parents ont décidé de louer un chalet pendant une semaine au Mont Tremblant dans le temps de Noël et je pourrai en profiter pour skier un peu ! Félix m'a même promis qu'il m'enseignerait à faire du *snowboard* ! Il faut croire que l'amour lui monte à la tête et qu'il devient gentil ! Lol ! Ça me laisse donc très peu de temps avant Noël ou après le jour de l'An pour venir te voir. :(
En plus, j'en ai parlé à ma mère hier, et elle disait que ce serait peut-être mieux que je ne revoie pas Thomas tout de suite, parce que ça risque de me blesser davantage. Je sais que ce n'est pas mon genre d'être aussi rationnelle, mais je sens que je vais craquer si je le vois. Pour que tu me pardonnes, je te promets de venir te voir quelques jours pendant la semaine de relâche !

Allons-y avec la bonne nouvelle. Tu te demandes sûrement pourquoi j'ai soudain décidé de demander conseil à ma mère, et surtout pourquoi j'ai décidé de l'écouter ! Eh bien voici : elle a réussi à dénicher

DEUX billets pour JUSTIN BIEBER !!!!!!! Elle m'a annoncé ça hier soir ! Tu comprends maintenant que j'étais mal placée pour lui refuser quoi que ce soit ! Lol ! C'est tellement cool ! En plus, tu vas pouvoir revenir à Montréal et passer tout le week-end avec moi. :) Annie-Claude y va aussi avec sa sœur, alors tu pourras la rencontrer ! Tu peux mettre un cœur autour du samedi 18 janvier, parce que tu seras avec les deux grands amours de ta vie : Justin et moi ! Lol ! Tant pis pour JP ! Il est bien beau avec ses grands yeux bleus, mais il n'arrive pas à la cheville de notre beau Bieber !

Pour ce qui est du reste, j'ai réussi à convaincre Annie-Claude de venir avec moi au party à condition qu'on écrive ensemble un article pour le numéro du mois de décembre. On va faire une sorte d'entrevue avec cinq élèves de secondaire 5 pour savoir vers quoi ils s'orientent au cégep, et comme Félix est maintenant la coqueluche de l'école, on veut se servir de lui pour faire avancer notre projet ! Lol !

Je ne sais pas trop quoi mettre pour le party. Que me conseilles-tu ? Le style relax avec un jeans et un t-shirt ou le style plus osé avec une jupe et un t-shirt ? Jusqu'à maintenant, j'essayais plutôt de me fondre dans le style de l'école, mais on dirait que c'est tellement hétéroclite (autre mot appris par Éloi) que j'ai de la difficulté à m'associer aux autres. Par exemple, les nunuches sont plutôt *preppy*, tandis que mes amis du journal sont plus *hippies*. Ça, c'est sans compter le groupe des *grunges*, des *emo* et des *hipsters !* Moi, je me situe quelque part au milieu de tout ça, et j'ai parfois l'impression de ne pas avoir de style. :(Quand je magasine, il y a des trucs super colorés ou plus excentriques que je trouve vraiment beaux, mais on dirait que je n'ose pas les acheter (et encore moins les porter), parce que j'ai peur que les gens (alias les nunuches) se moquent de moi. Tout ça pour dire que j'ai besoin de tes conseils vestimentaires !

En ce qui concerne Laurie, je crois que ta technique est ingénieuse, mais il faut que tu t'assures qu'elle ne vous surprenne pas avant les fêtes. Même si elle a de la peine sur le coup, je crois que c'est mieux qu'elle l'apprenne de ta bouche plutôt qu'elle sente que tu lui as joué dans le dos. En tout cas, quand je pense à l'histoire avec Sarah Beaupré, je me rappelle que je me suis sentie vraiment trahie parce que je ne l'avais pas appris de la bouche de Thomas.

Mon bouton se porte bien. Je l'ai couvert de crème asséchante, comme tu me l'avais conseillé la dernière fois, et je sens qu'il vit ses dernières heures sur mon nez !

J'attends de tes nouvelles... et vive JUSTIN BIEBER !!!!!
YÉ !
Léa xox

À : Léa_jaime@mail.com
De : Marilou33@mail.com
Date : Jeudi 21 novembre, 11 h 50
Objet : Re : Tu vas CAPOTER !

Je viens de lire ton mail et il fallait absolument que je t'écrive avant de me rendre à mon entraînement de natation : TA MÈRE EST LA MEILLEURE DU MONDE ! Lol ! On va voir Justin Bieber ! Peut-être qu'on pourra même le toucher ?! *OMG !* Attends que je dise ça à Steph, elle va tellement être jalouse ! Je comprends pour Noël, même si ça me fait de la peine de savoir que je dois attendre deux longs mois pour te revoir. :'(

Ta mère a raison : il vaut mieux que tu ne revoies pas Thomas. Depuis notre conversation, il n'arrête pas de me regarder avec un air piteux. J'ai recommencé à le saluer dans les couloirs, alors je ne vois pas ce qu'il veut de plus. Selon JP, Thomas est perdu depuis votre rupture. Il doit prendre des décisions par rapport à son avenir et il est en crise existentielle ou quelque chose du genre. Je comprends qu'il soit mélangé et qu'il s'ennuie de toi, mais il ne faut quand même pas qu'il s'attende à ce que je devienne sa confidente ! Lol !

Pour le party, je pense que tu devrais choisir un ensemble dans lequel tu es à l'aise, mais qui te fait sentir belle en même temps. Opte pour le style : « Je suis tellement *cute*, mais je n'ai pas fait exprès ! »

Pourquoi ne mets-tu pas le *skinny* jeans qu'on a acheté ensemble avec ta longue camisole rouge ? Je ne sais pas si la température te le permet, mais j'opterais pour des ballerines pour compléter le look !

J'y vais avant de me faire chicaner par toute mon équipe ! On se parle plus tard !
Lou xox

Vendredi 22 novembre

18 h 58

Léa (en ligne): Marilou! AU SECOURS! Il vient de commencer à neiger et il y a plein de *slush*[L] dehors! Je ne peux pas mettre de ballerines et je dois partir dans trente minutes rejoindre Annie-Claude. Je fais QUOI???

19 h 00

Marilou (en ligne): Pas de panique! Mets tes bottes noires en faux cuir. Celles avec un petit talon. En plus, ça te grandit. ;)

19 h 02

Léa (en ligne): Ben là! Traite-moi donc de naine tant qu'à y être! Lol! Ouais, c'est pas mal comme idée. J'espère juste qu'elles sont assez larges pour faire entrer mes *skinny* et que ça ne fera pas une espèce de boule au mollet!

19 h 05

Marilou (en ligne): Essaie pour voir. Je dois partir bientôt, moi aussi. JP m'a invitée à voir un film chez lui. Il a même accepté de regarder le nouveau film avec Alex Pettyfer parce qu'il sait que je tripe complètement sur lui. Et j'ai décidé que c'était ce soir qu'on se *frenchait*! Le seul problème, c'est que Laurie m'a appelée tantôt pour me proposer de passer la soirée chez elle et que j'ai dû inventer une excuse pour me défiler. Je commence à me sentir vraiment mal de lui jouer dans le dos...

19 h 06

Léa (en ligne): OK! Ça marche avec mes bottes. Ça me vieillit un peu en plus. :) Penses-tu lui en parler?

19 h 08

Marilou (en ligne): Je ne sais pas. Ça me fait peur! Je vais en parler à JP ce soir, mais je sais ce qu'il va me dire: «Ben là, il va falloir qu'elle en revienne!» Donc ce sera à moi de décider... Je pense que c'est sûrement la meilleure chose à faire. J'espère pouvoir tenir jusqu'aux vacances. Es-tu maquillée?

19 h 11

Léa (en ligne): Un tout petit peu. Je voulais vraiment donner l'impression de «fille *cute* qui n'a pas fait exprès!» Ton concept est trop génial! C'est Félix qui va me conduire chez Annie-Claude pour qu'on se rende ensemble au party. Félix ne vient pas. Il sort avec ses amis de secondaire 5, mais Katherine sera chez Alex. Je peux donc au moins compter sur une autre alliée face aux nunuches.

19 h 11

Marilou (en ligne): Ton frère et Katherine filent toujours le parfait bonheur?

19 h 14

Léa (en ligne): Je ne sais pas. Je pensais que ça allait plutôt bien, mais Katherine m'a raconté que des fois, elle se sent un peu jeune et pas à sa place quand elle est avec mon frère et ses amis. Elle veut vraiment lui plaire et elle ne veut surtout pas avoir l'air immature devant lui. Je n'ose pas trop demander à Félix ce qu'il ressent (de toute façon, c'est clair qu'il me répondrait par une monosyllabe), mais j'ai conseillé à Katherine de rester elle-même et de s'assumer. Mon frère sait bien qu'elle est plus jeune que lui, alors il devra vivre avec les conséquences.

19 h 14

Marilou (en ligne): C'est sage comme conseil. On voit que Manu t'a influencée!

19 h 15

Léa (en ligne): Même pas! Il n'a toujours pas répondu à mes questions. Ça vient tout de moi. Lol! Je pense que c'est plutôt ma relation avec Thomas (ou plutôt la fin de ma relation) qui m'a appris que le mieux à faire, c'est de rester soi-même. J'ai essayé de changer pour lui, et on voit ce que ça a donné.

19 h 15

Marilou (en ligne): Penses-tu que tu es guérie?

19 h 17

Léa (en ligne): C'est sûr que si je le revois, ça va me faire craquer, parce qu'une partie de moi l'aime encore. Mais comme je suis loin, c'est plus facile de me concentrer sur le négatif de la relation. Je pense que je suis enfin en train de passer à autre chose!

19 h 18

Marilou (en ligne): Wouhou! Alors, va vite fêter ça! Je suis sûre qu'Alex va te trouver *full* belle. :) Je dois y aller. Amuse-toi bien ce soir!

19 h 18

Léa (en ligne): Toi aussi, ma belle. Bonne soirée romantique avec JP. ❤ xox

19 h 19

Marilou (en ligne): Merci! ;) xox

À : Marilou33@mail.com
De : Léa_jaime@mail.com
Date : Samedi 23 novembre, 11 h 27
Objet : Soirée mouvementée

Salut, Lou,
Alors, ta soirée ? Aussi romantique que tu le voulais ? As-tu pu *frencher* JP même si tu avais le beau Alex Pettyfer à l'écran ? Avez-vous décidé ce que vous alliez faire par rapport à Laurie ? Tu connais mon opinion là-dessus, mais je comprends que ce soit difficile. J'aurais tout aussi peur à ta place, mais dis-toi qu'une fois que ce sera fait, tu sentiras un poids en moins sur tes épaules.

Moi, j'ai vécu une soirée vraiment, mais vraiment pleine de rebondissements. Attache ta tuque, parce que tu vas capoter ! Alex a été le premier à me complimenter dès que je suis arrivée chez lui (comme tu l'avais prédit !). On s'est tous installés dans son sous-sol. Comme son cousin est D.J., il avait préparé une compilation vraiment cool. Je me suis assise avec Annie-Claude sur un sofa et Jeanne est vite venue nous retrouver. Maude et José étaient dans un autre coin et ils se *frenchaient* à pleine bouche. J'en déduis que notre couple royal se porte mieux.

Éloi est arrivé après Marianne (qui ne m'a pas saluée), et à ma grande surprise, il est venu s'asseoir avec nous.

J'ai vu que Marianne lui lançait des regards de travers, mais il n'avait pas l'air de vouloir s'en rendre compte. Au bout d'un moment, elle est venue le chercher et ils sont allés discuter un peu plus loin. Elle n'arrêtait pas de s'appuyer contre lui et de lui chuchoter des trucs à l'oreille, mais je le trouvais un peu distant.

On a dansé pendant un bon moment. Un des amis d'enfance d'Alex nous faisait rire en inventant des chorégraphies *full* drôles. Je ne sais pas si j'ai rêvé, mais j'ai cru voir une étincelle dans les yeux de Jeanne. Peut-être que Madame Célibataire est en train de changer d'idée ! Lol !

Ensuite, il y a eu un *slow* et Alex m'a invitée à danser. J'ai regardé par-dessus son épaule et j'ai vu Éloi qui dansait avec Marianne. Elle le serrait super fort et elle avait les yeux fermés, mais lui semblait mal à l'aise. Nos regards se sont croisés, et j'ai senti qu'il avait besoin de parler. Je me suis donc promis d'aller le voir un peu plus tard.

Après la danse, Alex m'a demandé de l'accompagner au premier étage pour aller chercher des chips dans la cuisine. Quand nous sommes arrivés en haut, la lumière était éteinte et j'ai trébuché sur ses pieds (niaiseuse). J'ai donc abouti contre sa poitrine. Il sentait encore les feuilles d'automne. Ça a eu tout un effet sur moi, parce qu'on s'est aussitôt embrassés. Au début, c'était doux et attentionné, mais au bout d'un moment, j'ai senti que quelque chose clochait et j'ai dû le repousser doucement.

Lui : Quoi ? Tu n'aimes pas ça ?
Moi : Oui ! Ce n'est pas ça le problème. C'est juste que je pense encore à mon ex et ça fait bizarre d'embrasser quelqu'un d'autre.
Lui (en se rapprochant de moi) : On peut y aller doucement alors.
Moi : Ouais. On verra, OK ? J'ai besoin d'un peu de temps.
Lui : Pas de problème.

Il m'a embrassée doucement sur le front et il a allumé la lumière. On a pris les chips et on est redescendus au sous-sol, comme si de rien n'était. Je ne pouvais en parler à personne au party, parce que ce n'était vraiment pas subtil, mais j'avoue que j'avais du mal à penser à autre chose. J'ai vraiment aimé l'embrasser, et même si je me sens un peu mieux et que je n'ai plus toujours le mal de vivre sans Thomas, je ne sais pas trop ce que je veux.

J'ai profité de ma confusion pour aller retrouver Éloi, qui était maintenant assis seul sur les marches de l'escalier. Marianne était en train de danser avec Maude, Lydia et Katherine.

Moi : Ça va ?
Lui : Pas pire.
Moi : Qu'est-ce qui ne va pas ?
Lui : Je ne sais pas trop... Je suis mélangé, je pense.
Moi : Mélangé par rapport à Marianne ?
Lui : Ouais... As-tu déjà eu l'impression d'être avec quelqu'un, mais de ne pas te sentir tout à fait à l'aise.
Moi : Tu parles ! C'est comme ça que tu te sens avec elle ?
Lui : Des fois. J'ai l'impression d'avoir mélangé l'amitié et l'amour. Je ne pense pas que je l'aime de cette façon-là, et je sens qu'elle m'étouffe. Et il y a autre chose aussi...
Moi : Quoi ?
Lui : Rien.
Moi : Ben là, tu ne peux pas commencer une phrase et pas la finir. En plus, on s'est promis d'être amis et de tout se dire.
Lui : Oui, mais le problème, c'est que t'es la seule personne à qui je ne peux PAS en parler.
Moi : Quoi ? J'ai quelque chose dans les dents ? Je pue de la bouche ? Les amies de ta blonde ont parlé dans mon dos ?
Lui (en riant) : Ben non ! Ce n'est rien de tout ça. C'est juste que des fois, je compare ma relation avec Marianne et ma relation avec toi, et je réalise qu'avec toi, c'est beaucoup plus simple. C'est plus naturel, aussi.
Moi : C'est normal ! On est amis, alors que Marianne, c'est ta blonde. Mais je t'accorde qu'elle n'est pas simple comme fille.

Lui : Oui, mais avec toi, c'est tellement plus facile.
Moi : Qu'est-ce que tu essaies de me dire ?
Lui : Que je suis mélangé.
Moi : Entre elle et moi ?
Lui : Peut-être...
Moi : ... Je ne sais pas quoi dire. Tu sais que c'est très compliqué pour moi aussi. Je commence à peine à me sortir de ma peine d'amour, et je n'ai aucune envie de te perdre comme ami...
Lui : Je sais. Moi non plus.
Moi : Pour ce qui est de Marianne, c'est toi qui sais. Si tu ne l'aimes plus, il vaut peut-être mieux que tu casses avec elle.
Lui : Peut-être. Je vais prendre le reste du week-end pour réfléchir.

Marianne est arrivée à ce moment-là et s'est plantée devant nous en croisant ses bras sur sa poitrine.

Marianne : Tu viens, Éloi ? Je suis tannée d'être ici, et j'aimerais ça être seule avec toi. (Elle a dit tout ça sans me regarder.)
Éloi : Ouais, OK. Au revoir, Léa. Appelle-moi, OK ?
Moi : ... Euh...

C'est tout ce que j'ai trouvé à répondre. « Euh... » Après mon *french* avorté avec Alex et la semi-déclaration d'Éloi, je n'avais plus du tout le cœur à la fête. J'ai appelé ma mère pour qu'elle vienne me chercher et j'ai salué tout le monde rapidement (sauf Maude). Alex en a profité pour poser sa main derrière mon cou avant que je parte, comme pour me rappeler que je n'avais pas halluciné dans la cuisine. En tout cas, ce serait dur à oublier !

Lou, je suis tellement mélangée ! Je trouve Alex super beau, et je sais que c'est le genre de gars *full* le fun avec qui je n'aurais pas besoin de me casser la tête, mais en même temps, je n'ai pas de papillons quand je pense à lui. Est-ce que tu penses que je peux l'aimer quand même ?

Avec Éloi, c'est complètement différent. On s'entend super bien, et c'est comme si on se connaissait depuis dix ans ! Mais je ne veux tellement pas perdre ce qu'on a réussi à construire en si peu de temps que je ne sais pas si j'oserais aller plus loin avec lui.

Ça, c'est sans compter que je me sens un peu vidée. C'est comme si Thomas m'avait arraché une partie de mes sentiments, et je ne sais pas si je serais vraiment capable d'aimer quelqu'un d'autre en ce moment. Est-ce que j'aime encore Thomas ? Je pense (je sais) que oui.

Voilà le résumé de ma vie. Ma vie vraiment compliquée. La vie compliquée de Léa Olivier. Lol !
Réponds-moi vite !
Léa xox

Le Blog de Manu

Inscris un titre : Lequel choisir ?

Écris ton problème : Salut, Manu ! Je sais que je suis mal placée pour me plaindre, mais deux gars complètement différents ont un *kick* sur moi, et je ne sais pas trop lequel choisir.

L'un d'eux est mon meilleur ami à Montréal. Il est drôle, plus sérieux, studieux et loyal. C'est un peu grâce à lui si je réussis à m'adapter ici, alors je ne voudrais pas risquer de le perdre pour une relation qui ne durera peut-être pas, parce que je ne sais pas si je l'aime plus qu'en ami.

L'autre est très beau, populaire et facile d'approche. Avec lui, j'oublie mes ennuis. Et il embrasse super bien ! Le problème, c'est que je n'ai pas les mêmes papillons que je ressentais pour Thomas, mon ex.

Est-ce que Thomas m'empêche d'aimer quelqu'un d'autre ? Est-ce que je suis mêlée parce que j'aime encore Thomas ? Est-ce que je devrais juste me lancer et essayer

avec l'un ou l'autre ? Si oui, lequel devrais-je choisir ?
J'espère que tu pourras me répondre,
Léa xox

Manu répond à deux questions par semaine. Tu seras peut-être choisie...

À : Léa_jaime@mail.com
De : Thomasrapa@mail.com
Date : Dimanche 24 novembre, 21 h 47
Objet : Tu me manques

Salut, Léa,
Je sais que tu es probablement surprise par mon mail, surtout qu'on ne s'est pas donné de nouvelles depuis notre rupture... En fait, j'ai voulu t'appeler et t'écrire plein de fois, mais je ne voulais pas jouer avec tes sentiments. Je voulais aussi me donner le temps de passer à autre chose, mais le problème, c'est qu'on dirait que je ne suis pas capable. En tout cas, je tenais à ce que tu saches que tu me manques. Beaucoup. Énormément.
Thomas

À suivre...

Lexique

Best/BFF – Best friend forever, meilleure amie.

Blonde – Petite amie, amoureuse.

Capoter – S'énerver, flipper, halluciner.

Cégep – Collège d'enseignement général et professionnel. Au Québec, voici comment se déroule notre parcours scolaire : on débute avec 6 années d'école primaire, puis 5 années d'école secondaire. Une fois le diplôme d'études secondaires obtenu, on poursuit avec deux années au cégep afin d'obtenir notre diplôme d'études collégiales qui permettra à ceux qui le désirent d'entrer à l'université.

Chum (se prononce chom) – Petit ami, amoureux.

Cute (se prononce Kiout) – Mignon.

Dépanneur – On parle ici d'une toute petite épicerie de quartier.

Fine – Gentille, sympathique.

Finisssant – Voir **secondaire**.

French(er) – Un patin, embrasser avec la langue.

Full – Vraiment, trop.

Fun/Le fun – Amusant, génialissime.

Gang – Bande, groupe.

Kick – Avoir le béguin, kiffer quelqu'un.

Nunuches – On parle ici d'une bande de jeunes filles populaires, quelque peu superficielles et extrêmement antipathiques, surtout à l'égard de Léa.

Plate – Dommage, ennuyeux.

Poche – Nul.

Être rejet – Être rejeté, exclu.

Secondaire – Le système scolaire québécois fonctionne ainsi : on fréquente l'école primaire de la première à la sixième année, c'est-à-dire entre l'âge de 5 et 12 ans. Ensuite, on passe à l'école secondaire pendant 5 ans.

Slush (se prononce sloche) – Neige boueuse et mouillée, généralement formée par l'épandage d'abrasifs sur la chaussée après une chute de neige.

Tuque – Bonnet qu'on se met sur la tête quand il fait froid. Attache ta tuque veut dire « Tiens-toi bien ! ».

Ville souterraine – Le Montréal souterrain est constitué de plus de 30 kilomètres de tunnels sous la ville. Il est considéré comme le plus grand complexe souterrain au monde. Les tunnels et galeries relient ensemble plusieurs tours à bureaux, complexes résidentiels, centres commerciaux, universités, résidences et hôtels, ainsi que le métro. On y retrouve aussi une large gamme de restaurants et de magasins. La ville est très utile l'hiver, car elle permet aux Montréalais de se déplacer en évitant le froid !

Le Canada est le deuxième plus grand pays du monde par sa superficie, après la Russie.

Les deux langues officielles du Canada, l'anglais et le français, sont respectivement les langues maternelles de 59 % et 23 % de la population. Sur les 10 provinces, seul le Québec a pour langue principale le français.

Montréal est une ville située sur l'île du même nom, bordée par le fleuve Saint-Laurent, à proximité des États-Unis. Elle est le centre culturel et commercial de la province de Québec.

Montréal compte plus de 2 millions d'habitants et est considérée comme la deuxième ville francophone dans le monde après Paris.

PAR LA MÊME AUTEURE, DÉCOUVRE ÉGALEMENT

L'Envers des contes

AMATEURS DE CONTES DE FÉES,
FRIANDS D'HUMOUR DÉCALÉ OU FANS DE LÉA OLIVIER,
CETTE COLLECTION EST FAITE POUR VOUS.

Quand deux ados que tout oppose se retrouvent forcées à partager la même chambre !

NINI ZOMBIE

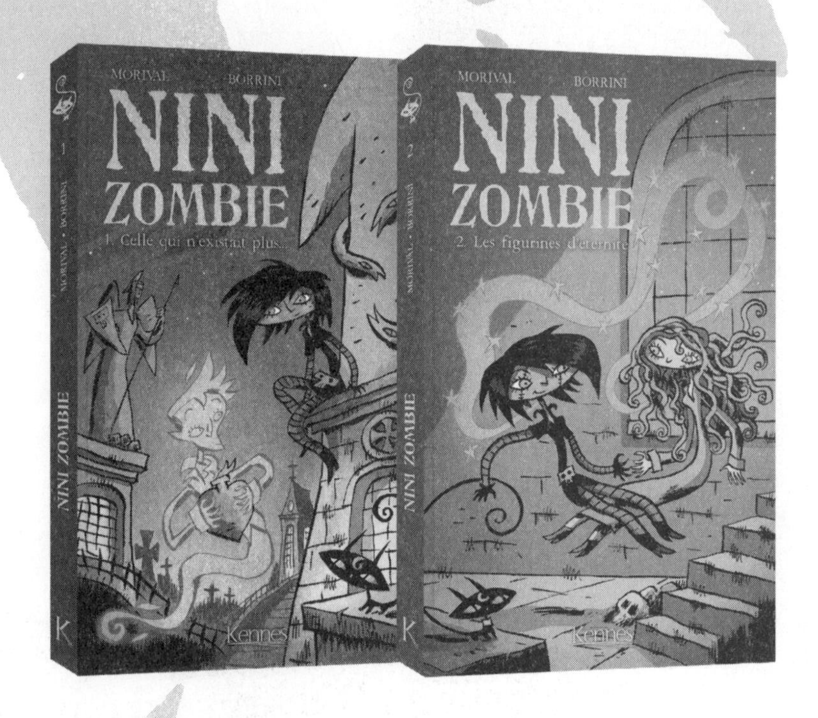

Enquête, humour et frissons!
Les aventures d'une zombie pas
tout à fait comme les autres...

NINN
La petite fille du métro

BD
NINN
1. La Ligne Noire
Kennes
NINN
2. Les Grands Lointains
Kennes

Nanny Mandy

LA NOUNOU «SO COOL»